Rüdiger Schneider

Herzschleifen

Vier Erzählungen

Personen und Handlung sind frei erfunden, Ähnlichkeiten oder gar Übereinstimmungen mit Namen rein zufällig.

Bibliografische Information der Deutschen
Nationalbibliothek: Die Deutsche Nationalbibliothek
verzeichnet diese Publikation in der Deutschen
Nationalbibliografie; detaillierte bibliografische Daten
sind im Internet über http://dnb.d-nb.de abrufbar.

Herstellung und Verlag: BoD - Books on Demand,
Norderstedt

ISBN: 9783752894851

Inhalt

Bar La Mula

1

Spätestens im November wird die Sehnsucht nach Sonne größer. Wenn Deutschland im Grau versinkt und das Wetter einem neben dem stündlichen Stakkato schlechter Nachrichten das Gemüt belastet. Meinen kleinen Buchladen am Bonner Konrad-Adenauer-Platz hatte ich aufgegeben, aufgeben müssen, da die Konkurrenz durch Medienkonzerne und das Internet übermächtig geworden war. Der Verkauf des Ladens und des dazu gehörenden Mietshauses bescherte mir ein kleines Barvermögen, und da ich gerade 65 geworden war, kam noch eine bescheidene Rente hinzu. Wie die Bremer Stadtmusikanten sagte ich mir: „Max, was Besseres als den Tod findest du allemale!" Aber ich zog nicht wie die Märchenfiguren nach Norden, sondern nach Süden, nach Spanien an die Costa del Sol. Mir die Rente auf eine spanische Bank zu schicken, würde kein Problem sein. Es gab nur ein paar bürokratische Unannehmlichkeiten. So beschied mich zum Beispiel die Rentenkasse: „Sehr geehrter Herr Winter, wir benötigen eine jährliche

Bescheinigung, dass Sie noch leben." Nun ja, dachte ich mir, das wird kein Problem sein und rief bei meiner zuständigen Rentenkasse an. „Reicht es, wenn ich mich einmal im Jahr bei Ihnen telefonisch melde?" fragte ich die Sachbearbeiterin.

„Aber Herr Winter, ich bitte Sie! Da kann ja jeder anrufen. Wir brauchen das schriftlich. Da, wo Sie wohnen und gemeldet sind, gehen Sie zum Einwohnermeldeamt und lassen es sich bestätigen. Das schicken Sie uns zu. Sie müssen natürlich persönlich auf dem Amt erscheinen, Ihren Ausweis vorlegen, sonst geht das nicht. Die werden dann sehen, ob Sie noch leben oder nicht mehr."

Ich zeigte mich einsichtig. Denn im Grunde hat die Rentenkasse recht. Sie können ja nicht bis zum St. Nimmerleins-Tag Geld ins Ausland überweisen, wenn diejenigen, die der Heimat den Rücken gekehrt haben, schon lange abgenippelt sind.

Ach ja, Heimat. Darüber dachte ich nach. Was ist eigentlich Heimat? Ist es die Zugehörigkeit zu einer Sprachgemeinschaft? Möglich. Aber dann kommt es darauf an, mit wem man sich etwas zu sagen hat und worüber man redet. Auf diesem Gebiet sah es bei mir nach dem Verkauf des Buchladens ziemlich mau aus. Die paar Freunde, die ich hatte, hockten in biederen Ehen und mussten für Unternehmungen erst um Erlaubnis fragen. Ich selbst war unverheiratet und hielt es eher mit Goethes Spruch aus dem West-Östlichen Divan: „Denken in Besitz und Liebe machen mir die Sonne trübe."

Eine Freundin hatte ich seit langem nicht mehr gehabt, wohl aber ein paar kurze Affären, von denen hier jedoch nicht die Rede sein soll. Bindungs- und beziehungsmäßig war ich also frei. Ein ausgeprägtes Nationalgefühl hatte ich auch nicht. Es beschränkte sich auf die Freude, dass Deutschland 2014 Fußballweltmeister geworden war. Gab es eine kulturelle Heimat? Goethe und Schiller waren tot. Was sie geschrieben hatten, konnte ich mit nach Spanien nehmen. Das war sozusagen ein unveräußerlicher Besitz, der überall zugänglich war. Dann gab es noch die fast komische Frage nach der religiösen Heimat. Die gab es in Deutschland nicht mehr. Das Christentum war abgeschafft. Gott wohnte nur noch im Supermarkt. Hatte ich eine politische Heimat? Auch nicht. Ich ging zwar alle vier Jahre wählen, machte auf dem Wahlzettel aber kein Kreuz, sondern schrieb nur den Namen des jeweiligen Papstes aufs Papier. So äußerte ich meinen Unmut darüber, dass die Schere zwischen Arm und Reich immer größer wurde. Außerdem dachte ich, Heimat ist kein Ort, sondern ein Gefühl. Liebst du ein Eskimomädchen, kannst du auch in einem Iglu glücklich sein. In der Bilanz aller Dinge war ich also heimatlos, konnte leichten Herzens ein paar persönliche Dinge in meinen Wagen verfrachten und mich aus dem immer trüber werdenden Bonn verabschieden. Das Auto hätte ich mir bei meinem schmalen Verdienst als Buchhändler eigentlich nicht leisten können. Es war ein schon in die Jahre gekommener 2 CV, eine Ente also. Ich hing an dem Wagen, vermochte ihn nicht einzutauschen gegen ein moderneres Fahrzeug. Den Motor hatte ich schon zweimal erneuern lassen. Vieles andere wie Bremsen, Auspuff und so weiter auch. Ebenso war die Lackierung neu, kirschrot. Eigentlich war es ein gepflegter, schnuckliger Oldtimer, mit dem ich, war ich unterwegs, immer auffiel. Freunde hatten mir schon viel Geld dafür geboten, aber ich hatte immer abgewunken. „Verkauf ich nicht! Tausche ich auch nicht gegen einen Mercedes ein."

2

Was mir die Liebe verdächtig machte beziehungsweise mich an ihrer Beständigkeit zweifeln ließ, war das Schicksal meines Freundes Paul Bernhardt, den wir alle nur Kongopaul nannten. Kongopaul war 68 und in Bonn-Duisdorf zu einer bezaubernd schönen Afrikanerin gezogen, die 39 Jahre jünger war als er. In einer kleinen Zweizimmerwohnung lebte er mit ihr und ihren fünfjährigen Zwillingen Ben und Micky zusammen. Es waren nicht seine Kinder, sondern eben ihre, die von einem Mann stammten, der sich abgesetzt hatte. Täglich gab es rasante Eifersuchtsszenen, das Vertrauen bröckelte. Alle drei Monate war Kongopaul auf der Flucht. Dann besuchte er einen der Freunde, bat: „Bitte helft mir!", hatte aber stets sein Smartphone eingeschaltet und wartete auf das Signal zur Rückkehr. „Was soll ich bloß machen?" meinte er. „Sie ist doch schön wie die junge Whitney Houston. Ich bin so stolz, wenn ich mit ihr spazieren gehen kann. Alle drehen sich nach uns um."

Kongopaul blieb eine Nacht bei einem der Freunde, trug das Smartphone am Körper und kehrte am nächsten Tag dann dorthin zurück, wo das Dilemma begonnen hatte. Beim letzten Mal war er bei mir gewesen. Ich hatte versucht, ihn mit Bitburger zu trösten, hatte ihm auch vorgeschlagen mit nach Spanien zu kommen und hatte, als er wieder mit seiner Isabell telefonierte, verständnisvoll geäußert: „Ja, ja, es gibt eine Schönheit, die einen als Mann verwundet."

Paul murmelte irgendetwas von Verfallensein. Fünf Minuten nach diesem Spruch war er weg. Ich weiß nicht, wie man in einem solchen Fall helfen soll. Ich kann den Paul ja schlecht anketten, und auch der Rat, sein Smartphone in den Rhein zu werfen, verfing nicht. So bringt er also wieder Ben und Micky in die Kita, fragt sich, wo seine schöne, junge Frau tagsüber ist, und ernährt seine exotische Familie mit seiner bescheidenen Rente. Dass das Glück heißer Nächte eine solche Aufgeregtheit besänftigen kann, bezweifle ich. Mir würde es die Schönheit des Tages trübe machen und so lasse ich lieber die Finger davon. Obgleich ich gestehen muss, dass auch ich diese Lust auf eine romantisch-heiße Liebe wie einen Virus in mir trage. Es könnte ja ausnahmsweise einmal gutgehen. Aber das ist genau der Punkt, wo meine Bedenken wurzeln. Nichts ist dauerhaft im Leben. Die Zeit und eben auch die Zeit des Verfalls hat noch niemand aufhalten können. Um diesen Pessimismus überwinden zu können, müsste ich wenigstens einmal die Ausnahme von dieser Regel gesehen haben. Vorher glaube ich nicht an die Beständigkeit der Liebe, vermute eher, dass einen dieser Affekt ins Unglück stürzt. So hatte ich also beschlossen, mich lieber in einem moderaten Schatten aufzuhalten, statt von einem Sonnenbad in Eiswasser zu stürzen. So zu leben ist natürlich kein Hit, aber es garantiert eine erträgliche Balance. Man durchlebt eine eher ruhige Gelassenheit, statt auf einer Achterbahn dahinzusausen. Sicher, es gibt auch bei mir Phasen von Langeweile. Aber die erschien mir erträglicher als das Schicksal des Kongopaul. Insbesondere vermeide ich Frauen, die einem wie ein

Irrlicht ins Leben treten können. Als Buchhändler, der viel lesen musste und es auch gerne tat, kenne ich alle diese Fälle. Den armen Brentano hat es zwanzigmal erwischt. Goethe wusste sich nur durch raffinierte Fluchten zu entziehen. Mörike hat Zeit seines Lebens einer rätselhaften Zigeunerin nachgetrauert. Allein Odysseus wusste sich zu helfen und ließ sich von seinen Gefährten an den Mast binden, als sein Schiff am Felsen der Sirenen vorbeifuhr.

Außerdem, was soll es? Ich bin jetzt 65 Jahre, weder reich noch schön. Was kann mir in meinem Alter schon passieren? Da ist das mit der Liebe vorbei. Ich habe auch nie den Versuch unternommen, in einem Dating-Forum des Internet etwas zu finden, auch wenn ich hin und wieder dort vorbeigeschaut habe. Es war hoffnungslos. Allein die Texte im Profil hatten mich schon abgeschreckt. Was man als Mann alles können musste! Romantisch sein und mit beiden Beinen im Leben stehen. Keine Altlasten haben, aber über Erfahrung verfügen. Eine Powerfrau ertragen und im richtigen Moment eine starke Schulter haben zum Anlehnen für ihre schwachen Stunden. Was mein Äußeres und manche

Eigenheiten betraf, hatte ich bei den meisten schon verloren. Raucher waren unerwünscht, ein gepflegtes Glas Wein - und um Himmels Willen nicht mehr! - am Kamin war zugestanden. Sportlichkeit und Fitness waren begehrt, ein Bäuchlein, eigentlich normal in meinem Alter, unliebsam ebenso wie Bart und fehlende Oberfrisur. Mit all diesen Wünschen konnte ich nicht dienen. Mit meinem Bart fand ich zur Weihnachtszeit eine Anstellung als Nikolaus, mein fehlendes Haupthaar hätte ich mit einer Mütze kaschieren, das Tabakaroma mit Menthol bekämpfen müssen. Und was das gepflegte Glas Wein am Kamin betrifft, wäre ich nachts aus dem Bett geschlichen, um den Rest der Flasche zu leeren. Das war mir zu viel Stress, zu viel Umerziehung. Außerdem liebte ich Mahlzeiten mit viel Knoblauch. Mich auf militante Veganerinnen einlassen mochte ich auch nicht. Ebenso fehlte mir der Zugang zur Esoterik. Dass man sich beim Universum die Lottozahlen bestellen kann, schien mir höchst zweifelhaft. Eine der abstrusesten Anzeigen stammte von einer Bildhauerin. Sie rühmte sich ihrer Ausstellungen in London und New York und schrieb: „Wenn du mir dienen willst, ist eine Beziehung möglich." Zugegeben, sie hatte ein attraktives Foto geschaltet, war groß, schlank und hatte jenes Bello Rosso im Haar, von dem schon Tizian geschwärmt hatte. Aber für eine Nacht der Zweisamkeit Gehorsam vorzutäuschen war mir nicht gegeben. So war ich also lange Zeit allein geblieben und niemand trauerte mir nach, als ich mich im November nach Spanien verabschiedete.

3

Während in Deutschland ein Tief das andere jagte, herrschte im November an der Costa del Sol schönstes Sonnenwetter bei 25 Grad. Ich hatte oberhalb von Torrox Costa, im sogenannten Campo, ein kleines Haus gemietet mit einer Terrasse und Garten. Von dort blickte ich auf das Mittelmeer. An ganz klaren Tagen konnte man fern am Horizont das Riffgebirge von Marokko sehen. Hinter mir, in der Ferne, lag die Bergkette der Sierre Almijara, die mit ihrer höchsten Erhebung, dem Navachica, auf über 1800 Meter kam.

Im Campo wurden Obst und Gemüse angebaut. Zum Beispiel Mangos, Apfelsinen, Zitronen, Avocados, Oliven, Paprika, Gurken, Tomaten und was weiß ich noch. Die Gewächshäuser waren mit Plastikplanen überzogen, was jedoch der Idylle meines Hochsitzes keinen Abbruch tat. Da konnte man eher über die Schönheit der Häuserblocks, die unten die Strandpromenade säumten, streiten. Aber stand ich auf der Terrasse, war der Himmel bis zum Horizont frei, hatte meist ein makelloses Blau und ein euphorisierendes Licht. Enge Sträßchen zogen sich durch das Campo. Die Kurven musste man behutsam angehen. Kam ein Farmer mit Traktor oder Pickup entgegen, waren geschickte Manöver notwendig. In früheren Zeiten zog sich das Ackerland bis dorthin, wo jetzt die Häuserblocks mit Hotels, Restaurants und Bars stehen, und im Campo selbst hatten Esel oder Maultiere für den Transport zu sorgen.

Unten an der Strandpromenade von Torrox Costa hielt ich mich selten auf. Ich bin zwar auch in die Jahre gekommen. Aber die gigantische Versammlung geflohener Rentner dort, die meisten kamen aus Deutschland, schlug mir irgendwie aufs Gemüt. Ich hielt mich lieber an einfache typisch spanische Bars oder Cafés, die abseits des touristischen Trubels lagen. Und so hatte ich zum Glück nach ein paar Tagen die Bar La Mula, die Eselsbar, entdeckt. Sie lag nur fünf Fußminuten von meinem Häuschen entfernt etwas versteckt unten am Campo, wo die Straße von Torrox Costa nach Torrox Pueblo verläuft. Es war eine ganz einfache, aber gemütliche Bar. Innen mit einer kleinen Theke, draußen mit einer von Wellblech überdachten Terrasse. Bereits um sechs Uhr morgens kamen die ersten Farmer, tranken ihren Schnaps oder Kaffee, begaben sich danach zu ihrer Arbeit. Gegen Mittag oder auch am Nachmittag fanden sich ein paar Deutsche ein, die auch in der Umgebung wohnten. Die Bar lag günstig wie eine Karawanenstation an der Seidenstraße und war Umschlagspunkt für die neuesten Nachrichten und allerlei Klatsch, an dem es in Torrox nie mangelte. Wer mit wem, wer hatte sich wieder getrennt, wen hatte man mit der Schubkarre von irgendwo nach Hause bringen müssen. Man brauchte keine Zeitung. Hier erfuhr man, was im Ort los war.

Ab und zu erschienen recht muntere Damen. So zum Beispiel die achtzigjährige Greta, die einen zwanzigjährigen Hippi aus einer Höhle aufgesammelt hatte und freudestrahlend mitteilte: „Ei, wie tanzen meine Hormone wieder!" Sie trug ein Strohhütchen mit einer Indianerfeder, einen geblümten Rock, der bis an die Knöchel reichte, und hatte goldene Ohrringe, auf denen Papageien hätten schaukeln können. Abgesehen von meiner Skepsis gegenüber der Dauerhaftigkeit der Liebe wollte ich es in meinem Alter mit dem jungen Hippi nicht aufnehmen, klatschte aber innerlich Beifall darüber, dass die alte Dame statt im Altersheim zu vertrotteln sich noch einmal auf Abenteuertour begeben hatte. Greta tauchte allerdings nur selten in der Bar La Mula auf. Sie hatte zu Hause genug zu tun.

Ein anderer Fall war Frieda. Sie war schon 82, hatte auf einer Hüpfburg am Strand ihre Jugendlichkeit erproben wollen, sich dabei das Becken gebrochen und kam nun, während der Zeit der Rekonvaleszenz, mit dem Rollator in die Mula-Bar. Als ich sie einmal fragte: „Wie geht es deinem Mann?" sagte sie nur:

„Weiß ich nicht. Meine Augen sind Gott sei Dank schwächer geworden."

4

Mit meinem Häuschen im Campo war ich recht zufrieden. Die Wohnfläche, also ohne Terrasse und Garten, betrug etwa 60 Quadratmeter. Es gab ein großes Wohnzimmer mit gemütlichem Kamin und einer Küchenzeile, ein Schlafzimmer mit geräumigem Doppelbett, ein Bad mit Dusche. Das alles für 400 Euro im Monat. Sogar ein Fernseher, der deutsche Programme empfing, war dabei. Aber das in die Ferne Sehen richtete ich mir anders ein. Ich hatte keine Lust auf die ewigen Krimis, den Dauertotschlag, der zu einer Manie geworden war, keine Lust auch auf Nachrichten und Krisen. So saß ich abends lieber in einer von Bougainvillea umrahmten Gartenlaube, die zum Grundstück dazugehörte und sah mir den Sonnenuntergang Richtung Málaga an. Wenn der Abendhimmel sich gelb und rot färbte und in der dunkler werdenden Dämmerung die Venus als erster und hellster Stern erschien. Unten in Torrox gingen die Lichter an. Die weißen Wände der Laube entlang huschten lautlos Geckos, die jetzt zum Abend aus ihren Verstecken gekommen waren. Ich genoss die friedliche Stimmung bei einem Glas Rotwein, drehte mir eine Zigarette und beobachtete, wie Stern um Stern am Firmament erschien. Manchmal, wenn es noch dunkel war, stand ich auch frühmorgens auf und blickte hoch zum Großen Wagen, der zu dieser Zeit genau über dem Haus stand. Diese Formation mit ihren sieben Sternen hatte etwas Beruhigendes, Besänftigendes, ja sogar Zeichenhaftes, als stünde hinter dem Universum nicht ein seltsamer Urknall, sondern ein Gott, der das alles erschaffen hatte. Ich sprach dann nicht mehr von einem Universum, sondern von einem Kosmos. Über Gott und das Leben nachzudenken, hielt ich allerdings für sinnlos, da man das mit dem Verstand nicht ergründen kann und letztlich beim Satz des Sokrates landet: „Ich weiß, dass ich nichts weiß." Die Ratio erleidet Schiffbruch, scheitert an einem Mysterium. Angenehmer war es, über das Naheliegende nachzudenken. So schön und friedlich die Abende auch waren,

20

stellte ich mir insgeheim doch vor, die Schönheit dieser Augenblicke mit jemandem zu teilen, und ich ertappte mich einmal dabei, als gerade die Venus mit der Mondsichel aufzog, bei dem Spruch:

„Herr, schenke mir ein Weib!"

Sogleich aber verwarf ich diesen albernen Gedanken und sagte mir: „Max, bescheide dich mit dem, was du hast! Niemand stört deine Ruhe, nimmt dir den Frieden. Du kannst ins Bett gehen, wann immer du willst. Du kannst aufstehen, wenn dir danach ist. Du kannst die ganze Flasche Rotwein leeren, ohne dass jemand meckert und den Gesundheitsapostel spielt. Du kannst qualmen wie dein Kamin im Zimmer und musst kein Naserümpfen und besorgte Blicke befürchten. Du kannst sogar in voller Tageskleidung abends ins Bett gehen, so dass das Aufstehen am Morgen bequemer ist. Und außerdem weißt du ja, dass die Liebe ein romantischer Mythos ist, der letztlich nur Kummer bringt. Denke an den Kongopaul! Der ist in zwei oder drei Monaten wieder auf der Flucht. So schön kann keine Frau sein, um immer wieder fliehen zu müssen."

Je länger ich aber in Spanien lebte, desto öfter ertappte ich mich bei diesem unbequemen Wunsch. Mag sein, dass es an der euphorisierenden Wirkung des Lichts lag, vielleicht aber auch an einer drohenden Langeweile. Irgendwann waren alle Ausflüge in die nähere und weitere Umgebung gemacht. Nach Nerja, Málaga, Sevilla, Granada, Córdoba und in die weißen Dörfer des Berglandes. Der Bücherstapel, den ich mir mitgebracht hatte, wäre auch bald durchgelesen, und der Schachcomputer, mit dem ich spielte, wiederholte immer dieselben dummen Fehler. Das „Schachmatt" des eingebauten Lautsprechers kannte ich schon zur Genüge, und die freundliche Stimme, die dann beim Ausschalten sagte „Auf Wiedersehen!" erheiterte mich nicht mehr. Aber sollte ich mich deswegen in verhängnisvolle erotische Abenteuer stürzen? „Nein, Max!" sagte ich mir. „Du hast einen Knall. Die Liebe bringt nur Kummer."

5

Es gibt es tatsächlich. Dieses Buch ‚Die Flucht vor dem Weib'. Es ist von einem kanadischen Psychologen. Karl Stern heißt er. Ich war vor Jahrzehnten zufällig darauf gestoßen, hatte 50 Exemplare bestellt und meiner Kundschaft – es waren hauptsächlich Frauen – das Werk wärmstens empfohlen. Mit dem Hinweis der Titel sei eine unglückliche Übersetzung aus dem Englischen. Eher müsste es heißen ‚Die Flucht vor der Weiblichkeit – Zur Pathologie des Zeitgeistes'. Der Hinweis fruchtete nicht. Die Kundinnen schüttelten den Kopf, entrüsteten sich. „Was ist das für ein Idiot, der statt von einer Frau von einem Weib spricht! Und das bei einem Buchtitel! Nein danke, Herr Winter! Können Sie nicht etwas anderes empfehlen?" Ich versuchte zu erklären: „Weib ist hier als Elementarbegriff gemeint. So wie Sonne, Mond und Sterne. Es sind spannende Untersuchungen des Fluchtverhaltens von Goethe, Nietzsche, Descartes und vielen anderen. Casanova ist auch dabei. Außerdem betrifft die Pathologie beide, nämlich Mann und Frau. Es richtet sich vor allem gegen Stress und andere Unarten unserer Zivilisation. Das Buch könnte auch heißen ‚Indianer waren glücklicher‘.“

Meine Erklärungen halfen nicht. Innerhalb eines Jahres hatte ich nur fünf Exemplare verkauft und fünf Stammkundinnen verloren. Die restlichen Exemplare schickte ich an den Verlag zurück mit dem tröstenden Hinweis: „Ein wunderbares Buch, aber niemand will es haben.“ Auch die männliche Kundschaft, die erheblich kleiner war als die weibliche, hatte sich nicht dafür interessiert. Es gab nur abweisende Kommentare. „Herr Winter, ich lese nur Bücher, die ich verstehen kann.“ Oder mit Kopfschütteln:

„Ich hab‘ mit meiner Alten genug zu tun. Da muss ich nicht noch lesen, wie mies es anderen ergangen ist.“

Es ist das Schicksal eines Buchhändlers. 90 Prozent der Bücher, die über die Ladentheke gehen, sind Schund und man müsste den Baum beweinen, der für das Papier sein Leben gegeben hat. ‚Feuchtgebiete‘ habe ich in drei Monaten 800 Mal verkauft. Schillers ‚Räuber‘ in einem Jahr nur einmal. Aber die goldene Regel bei meinem Handwerk ist: „Mische dich nicht ein in den Geschmack deines Publikums!" Und so schob ich mit einem freundlichen Lächeln die ‚Feuchtgebiete' über die Theke und antwortete auf die Frage „Wie finden Sie das Buch, Herr Winter?" lakonisch: „Da müssen Sie sich selbst ein Urteil bilden. Ich verkaufe nur."

Warmherziger und ausführlicher war mein Kommentar bei Hape Kerkelings ‚Ich bin dann mal weg'. „Ein schönes Buch", sagte ich. „Amüsant und tiefsinnig. Sie werden viel Freude daran haben." Es war sogar ein Buch mit Wirkung. Fünf meiner Kundinnen machten sich auf den Weg nach Santiago. Sie kamen begeistert zurück und meinten: „Herr Winter, das müssen Sie auch machen!" Ich schüttelte bedauernd den Kopf, entgegnete: „Wer kümmert sich in der Zeit um die Buchhandlung? Nein, leider geht das nicht." In Wirklichkeit war der Buchladen nur ein vorgeschobener Grund. Mir war der Rummel um den Jakobsweg zuwider. Shirley McLaine hatte sich unterwegs erinnert, mit Karl dem Großen geschlafen zu haben. Coelho hatte einen Engel auf einer Kirchturmspitze gesehen und Santiago de Compostela, das Ziel des Weges, wurde mehr und mehr zu einem

Kirmesplatz. Das war die Tragik aller berühmten Wallfahrtsorte. Allein der Hape hatte den notwendigen Humor gehabt, mit dem man von einem solchen Unternehmen erzählen kann. Nein, was mich betrifft, ich muss mir nicht die Füße wundlaufen, um fromm zu sein oder mich selbst zu finden. Auf meiner Fahrt nach Spanien, ich hatte mir dafür acht Tage Zeit gelassen, hatte ich hinter Lyon die Autobahn verlassen, war durch die Auvergne gefahren und die Landschaft des Aubrac, hatte in den Dörfern alte romanische Kirchen besucht. Da war mir still und warm ums Herz geworden. Nein, ich brauchte keinen Jakobsweg. Und was das Buch betrifft ‚Die Flucht vor dem Weib': Ein Exemplar habe ich behalten und lese ab und zu darin.

6

Mein Häuschen war schlicht und einfach, ein Cortijo eben, ein kleines Landhaus, das den Farmern oft auch als Geräteschuppen gedient hatte. Aber an der Haustüre hing zum Klingeln eine kunstvoll gegossene Schiffsglocke aus Bronze. Zog man an einem Strang, ertönte sie in einem lange nachhallenden C-Dur. Auf einem Messingschild über der Glocke war die Inschrift zu lesen „Vocem meam audi!" – „Höre meine Stimme!" Aber niemand zog an meiner Glocke. Ich bekam keinen Besuch. Wie auch! Neue Bekanntschaften oder Freundschaften zu schließen brauchte seine Zeit. Zwar kannte ich mittlerweile einige Leute, die sich regelmäßig in der Bar La Mula einfanden, mit Namen, aber es blieb meist bei einer netten Plauderei. Einen Schachpartner fand ich nicht, selbst eine Skatrunde kam nicht zustande. So begnügte ich mich, was das Spielen betraf, weiterhin mit meinem Computer, den ich schon auf die höchste Spielstufe eingestellt hatte und den ich, wenn ich nicht zu unaufmerksam war, regelmäßig mattsetzte. Das freundliche „Auf Wiedersehen!" des Gerätes beim Ausschalten ging mir schon auf die Nerven. Aber was sollte ich tun? Ich hatte nichts anderes. So spielte ich täglich mit meinem Computer, brummte „Halt die Klappe!", wenn ich ihn nach dem Matt ausschaltete, baute aber am nächsten Tag die Figuren wieder auf. In Rente zu gehen und nichts zu tun, war nicht so einfach. So lange man im Arbeitsprozess steckt, sehnt man sich nach der Ruhezeit und hat oft die Frage zu beantworten: „Wie lange hast du noch?" Man glaubt die Träume, die man vorher hatte, dann endlich verwirklichen zu können. Aber das ist nicht so. Meist verwirklicht man dann gar nichts mehr und hat genug Arbeit den Abbau des Körpers zu stoppen oder wenigstens zu verlangsamen. Die Rentner, die ich in Bonn kannte, radelten regelmäßig den Rhein entlang. Rechtsrheinisch bis Neuwied. Linksrheinisch bis Koblenz. Mir wäre das auf die Dauer zu langweilig. Außerdem halte ich es mit dem verehrten Winston Churchill. „No sports!" war seine Devise. So brachte ich mich in der La Mula Bar um die Chance eine recht attraktive deutsche Tennistrainerin kennen zu lernen, die in Torrox ihren Lebensunterhalt mit Tennisstunden bestritt. Sie war fünfzig – eigentlich viel zu jung für mich – und hörte auf den seltenen Namen Viktoria Elisabeth. Sie war blond, schlank, eher drahtig, kam ab und zu in die Bar, um nach einer Tennisstunde den Wasserhaushalt mit Cerveza aus-zugleichen. Sie war verheiratet, der Mann aber für längere Zeit in Deutschland, um den Grauen Star operieren zu lassen. Sie schien einer Bekanntschaft oder einem Fehltritt nicht abgeneigt zu sein. Aber ich hatte meine Prinzipien gleich dreifach im Gepäck. Die Liebe ist das Unbeständigste auf der Welt und stört die Ruhe, verheiratete Frauen sind tabu, und dann war da eben noch Churchill's „No sports!" So schüttelte ich nur den Kopf, als sie mich für Tennis zu begeistern suchte und antwortete ihr: „Ein alter Esel lernt keine neuen Kunststücke mehr."

„Ist doch ganz einfach", versuchte sie mich umzustimmen. „Ich bringe Ihnen die richtige Schlägerhaltung bei. Am einfachsten ist die Rückhand und dann sind Sie bald drin in Overspin, Slice, Lob und Volley. Außerdem gleicht das Tennis einem rhythmischen Tanzen. Darin sind Sie doch sicher begabt. Wir haben bestimmt bald längere Ballwechsel."

Ich bat mir Bedenkzeit aus, aber als sie mir dann erzählte, dass ihr Mann in einem Schützenverein sei, lehnte ich ab. Ich dachte mir, wenn der am Grauen Star operiert worden ist und der Eingriff war erfolgreich, kann er wieder gut zielen. Also lieber nicht. So blieb es also auch hier bei einer netten Plauderei und die Glocke an meiner Haustür blieb stumm.

7

Meine erste Bekanntschaft, die zu mir kam, allerdings nicht die Glocke ziehen konnte, war ein Hund. Eines Morgens, als ich zu Fuß zur Mula-Bar ging, lief kläffend ein kleiner Hund hinter mir her. Es war eine Mischung aus Terrier und Jack Russel. Drehte ich mich um, flitzte er ein paar Meter zurück, um dann erneut hinter mir herzulaufen. So ging das bis zur Mula-Bar, vor der er aber abdrehte und verschwand. Am Nachmittag kaufte ich im Supermercado eine Tüte mit Hundesticks, Barritas de Carne, eine Leckerei, die ihm schmecken würde. Als er am nächsten Tag wieder bellend hinter mir herlief, drehte ich mich um, warf ihm einen Stick zu. Er flitzte bei dem Wurf erschreckt ein paar Meter zurück, kam dann aber schnüffelnd näher, dorthin, wo der Stick auf der Straße lag, schnupperte, fasste ihn mit den Zähnen, kaute, fraß und sah mich erwartungsvoll an, ob ich vielleicht noch einen hätte. Auf dem Rückweg von der Mula-Bar traf ich ihn an einer Straßenkurve wieder. Er lief hinter mir her, bellte nicht mehr, hielt aber vorsichtigen Abstand. Er begleitete mich neugierig bis zum Haus, wusste jetzt, wo ich wohnte, blieb davor eine Weile stehen, trippelte aber nach ein paar Minuten wieder davon.

Am nächsten Morgen war er zwischen den Stäben des Gartentores hindurchgeschlüpft, stand am Rand der Terrasse. Ich ging zur Tür, öffnete sie, worauf er zusammenzuckte und ein paar Meter zurück zum Tor lief. Dort drehte er sich wieder um und sah mich fragend an. Ich warf ihm einen Stick zu, dem er sich schnüffelnd näherte. Im Laufe der Tage verringerte sich der Abstand zwischen ihm und mir, bis ich ihm die Leckerei schließlich mit der Hand reichen konnte. Von da an hatte ich einen treuen Begleiter auf dem Weg zur Bar, wo er aber jedes Mal sogleich umkehrte, kaum hatte ich die Terrasse der La Mula erreicht. Irgendetwas hielt ihn davon ab, auch nur den Rand zu betreten. Er blickte nur kurz zu den Tischen hin und drehte wieder ab. Warum er sich so verhielt und welche Erfahrung er gemacht hatte, wusste ich nicht. Möglicherweise hatte der Wirt einmal einen Hund gehabt, der ihm übel mitgespielt hatte.

Mit der Zeit gewann ich den drolligen Kleinen lieb, überlegte ihn zu adoptieren, ganz mit ins Haus zu nehmen. Aber da er ein blaues Halsband trug mit einem silberfarbenen Anhänger, musste er zu jemandem gehören. Auf dem Anhänger stand allerdings keine Telefonnummer. Er zeigte eine Madonnenfigur unter einem Baldachin, was für einen Hund ungewöhnlich war. Da ich um den Kongopaul trauerte, der in früheren Jahren ein fröhlicher Kumpel gewesen war, sich jetzt aber einigelte und selbst per Handy nicht erreichbar war, außer er war auf der Flucht, nannte ich den kleinen Hund Paule. Bald hörte er auf den Namen, blickte mich aufmerksam an, wenn ich ihn nannte und wartete vor meiner Terrasse auf mich. Um meinen Tagen etwas Struktur zu geben, hatte ich mir angewöhnt, mich täglich um elf Uhr auf den Weg zur Mula-Bar zu begeben, dort mein Frühstück einzunehmen, Kaffee zu trinken und Tostada zu essen, getoastete Brötchenhälften mit Olivenöl und gepfeffertem Tomatenaufstrich. Gegen zwölf kehrte ich zu meinem Anwesen zurück. Paule war nicht zu sehen, stand jedoch um drei Uhr wieder vor meiner Terrasse, weil er wusste, dass jetzt Cerveza-Zeit war. Dann begab ich mich in seiner Begleitung zur Mula-Bar, um das erste Bier des Tages zu bestellen. Ich versuchte den Wirt nach dem seltsamen Verhalten des Hundes zu befragen, aber wegen meiner mangelnden Spanisch-kenntnisse verstand ich nicht, was er sagte. Er lachte zuerst, legte dann die Stirn in Falten, zuckte mit den Schultern, wiegte den Kopf hin und her, sagte irgendetwas. Ich forschte nicht weiter nach, fragte auch nicht die anderen deutschen Gäste, die sich hin und wieder einstellten. Es war ja alles gut so, wie es lief. Ich wollte gar nicht mehr wissen, wem der Hund gehörte. Paule holte mich pünktlich zu den Tageszeiten ab, begleitete mich zur Bar und verschwand.

8

Nein, Heimweh hatte ich nicht. Auch keine Sehnsucht nach den Weihnachtsmärkten, die man in Deutschland mit Betonpollern abgesichert hatte. Außerdem lag ja nicht mehr das Jesuskind in der Krippe, sondern das Portemonnaie. Das Christentum war nur noch Makulatur wie des Kaisers Kleider in einem Märchen von Andersen. Die Welt, lauschte man den Nachrichten, schien mir einem Irrenhaus zu gleichen. Der Fernseher blieb aus. Ebenso hatte ich meinen Laptop in die Besenkammer gestellt, da ich die zunehmende Digitalisierung für eine Verdummung hielt. Als ob das Leben digital wäre! Lieber besuchte ich die Bar La Mula, saß auf meiner Terrasse oder in der Gartenlaube, sah auf das Meer oder las in einem Buch. Auch erinnerte ich mich an Kindertage, wo ich einen Wanderzirkus besucht und die Kunststücke von Hunden bewundert hatte. Die schoben auf den Hinterbeinen gehend einen Kinderwagen, sprangen durch Reifen, tanzten Ringelreihen und beherrschten sogar kleine Rechen-operationen. Fragte der Dompteur: „Wieviel ist zwei mal zwei?", bellten sie viermal. Dass sie beim Bäcker Brötchen holen können oder die Zeitung apportieren, ist hinlänglich bekannt.

Für Paule dachte ich mir ein besonderes Kunststück aus und verlängerte den Zug, mit dem man die Türglocke läuten konnte, mit einem Seil zum Boden hin, so dass er die Pfote in den Griff, der unten am Seil befestigt war, schieben konnte.

Als er an einem Morgen Ende November wieder vor der Terrasse stand, um mich zur Mula-Bar abzuholen, führte ich ihn zu der Glocke, krabbelte neben ihm auf allen Vieren und patschte mit der rechten Hand in den Griff. Er legte den Kopf schräg zur Seite und sah mich fragend an. Ich nahm seine rechte Vorderpfote, führte sie in den Griff und drückte. Danach gab ich ihm seine gewohnte Leckerei. Paule war intelligent. Bei der zwanzigsten oder vielleicht auch fünfundzwanzigsten Vorführung hatte er es begriffen und konnte alleine die Glocke läuten. Das war nach drei Tagen. Am vierten stellte ich mich mit einem Stick in den Türrahmen, hielt mit der Linken die Leckerei hoch und zeigte mit der rechten Hand auf die Glocke. Es dauerte nur zwei Minuten und er patschte mit der Pfote in den Griff. Ich hatte einen Hund, der klingeln und mich besuchen konnte. Er kam täglich, läutete die Glocke, holte mich zur Mula-Bar ab.

9

Nach langer Trockenheit stürzte Anfang Dezember Regen vom Himmel und Blitze zuckten den Horizont entlang. Die Temperaturen gingen etwas zurück. Ich hielt mich jetzt mehr im Haus auf und fütterte den Kamin mit Holz. Bei dem Sauwetter kam Paule nicht, hatte sich wohl irgendwo verkrochen. Ich ging am ersten Tag des Regens nicht in die Mula-Bar, nahm mir am zweiten aber einen Schirm und machte mich auf den Weg die Straße entlang, allerdings zu einer anderen Zeit als gewohnt. Von Paule war nichts zu sehen.

Es war gegen ein Uhr. Die Terrasse der Bar war verwaist. Nur an einem der Tische saß ein Mann mit Lederhut und einem weißen Overall, der lauter bunte Farbkleckse hatte. Er rauchte, hatte eine Flasche Bier, Alhambra, vor sich stehen und eine Zeitung vor sich liegen, brütete über irgendetwas, das wie ein Kreuzworträtsel aussah. Das Alter des Mannes war schwer abzuschätzen. Er sah aus wie der alte Hemingway, wenn er sich nach fünf Whisky an der Theke eine neue Geschichte ausdachte.

Ich nickte ihm zu, murmelte „Hola!", setzte mich an den Nachbartisch. Der Wirt kam. Ich zögerte kurz. Kaffee oder Bier? Hatte ich mir doch zur Regel gemacht: Kein Bier vor Drei! Aber irgendwo auf der Welt war immer drei Uhr. Also bestellte ich mir ein Cerveza. Von meinem Tisch aus blickte ich nun genauer auf die Zeitung, sah, dass es kein Kreuzworträtsel war, sondern eine Schachaufgabe. Matt in drei Zügen. Die Zeitung war deutschsprachig, die CSN, die ‚Costa del Sol Nachrichten'.

Ich konnte meine Neugierde nicht beherrschen und hatte die Hoffnung, endlich einen Schachpartner gefunden zu haben. Ich stand auf, stellte mich neben seinen Tisch, blickte auf das Blatt, sagte:

„Versuchen Sie es mit dem Springer von E4 nach F6."

Der Mann blickte erstaunt auf, runzelte die Stirn, meinte missmutig: „Blödsinn. Habe ich auch schon versucht. Aber dann fesselt der Turm den Springer vor der Dame."

Ich wollte schon entgegnen: „Na und!?", ihm erklären, dass die Fesselung eines Springers vor einer Dame nicht absolut ist. Im Gegensatz zur Fesselung eines Springers, der vor dem König steht. Aber da faltete er die Zeitung schon zusammen, schob sie beiseite.

„Ich spiele manchmal nur mit einem blöden Computer, der immer dieselben Fehler macht", sagte ich, als ob ich mich für meinen Tipp entschuldigen wollte.

„Mit einer Maschine? Wie langweilig!" meinte er. „Aber setzen Sie sich doch!" Er wies mit der Hand auf einen der freien Stühle an seinem Tisch. „Sie sind…?"

„Maximilian Winter oder auch nur Max", sagte ich und zeigte in Richtung meines Cortijos. „Ich wohne da oben im Campo."

„Na ja", kommentierte er. „Wenigstens kein Touri, der sich verlaufen hat. Wie lange wohnen Sie denn da schon? Habe Sie noch nie gesehen."

„Seit Anfang November."

„Ein Frischling also. Das erste Mal in Spanien?"

„So ungefähr. War bisher nur einmal auf Mallorca."

„Und wie lange bleiben Sie?"

„Für immer. Mittlerweile bin ich hier auch gemeldet."

„So, so. Holen Sie Ihre Flasche, setzen Sie sich. Ich heiße Jan. Jan Torness.

Betonung auf dem ‚e'", sagte er mit Nachdruck, als sei ihm das besonders wichtig und von besonderer Bedeutung.

So kam ich mit diesem Mann ins Gespräch, erfuhr, dass er schon seit zehn Jahren im Campo lebte, siebzig Jahre alt und Maler war. Kunstmaler. Er wohnte in einer Finca nur hundert Meter neben mir. An seinem Anwesen war ich auf meinem Weg zur Mula-Bar immer vorbeigekommen, hatte ihn aber noch nie gesehen.

10

Torness war ein Name, den ich in Deutschland noch nie gehört hatte. Im Verlauf unseres weiteren Gespräches erzählte er mir, dass er eigentlich Niederländer sei, aber spanische Vorfahren hatte.

„Da ist einer im spanisch-niederländischen Krieg in Amsterdam hängen geblieben. Wegen einer hübschen Holländerin, die ihm die militärischen Flausen ausgetrieben hat. Möglicherweise hieß er Tornéz oder Torre, vielleicht auch Tournéz und war Söldner, Franzose. So genau weiß ich das nicht. Ist ja auch schon lange her. Im Laufe der Jahre muss der ursprüngliche Name sich verändert haben."

Dass Niederländer Deutsch sprechen, war nicht ungewöhnlich. Aber bei Torness klang es ohne jeden Akzent und war ein perfektes Hochdeutsch. Als ich ihn danach fragte, erklärte er mir: „Ich musste mit den Kunden Deutsch sprechen, war dreißig Jahre bei einer Filiale der spanischen Santander-Bank in Mönchengladbach."

„Und jetzt sind Sie Maler, Künstler?"

„War ich immer schon. War immer schon eine Leidenschaft. Aber erst nach meiner Verabschiedung als Banker hatte ich richtig Zeit und Muße."

Er machte eine Pause, nahm aus der Flasche einen Schluck Bier, drehte sich eine Zigarette. „Ach, wissen Sie, ich hätte eigentlich schon früher aus der Bank verschwinden müssen, habe das erst mit 56 gemacht. Mir fehlte der Mut oder sagen wir besser die Radikalität eines Paul Gauguin. Sie kennen die Geschichte?"

„Ein wenig. Ich weiß nur, dass er auf Tahiti gelebt und schöne Frauen gemalt hat."

Torness lachte. „Ja, ja, die Verklärung. Gauguin hat sie schöngemalt. Ob sie wirklich so waren? Auf Tahiti hat er gelebt wie ein Hund, ist erblindet. Aber das wollte ich eigentlich gar nicht sagen. Er hat sich als Banker, als Börsenmakler früh von Familie und Beruf verabschiedet, ist mit dem Schiff nach Tahiti, hat nur noch für die Malerei gelebt. Von seinem Pariser Galeristen hat er sich als Honorar das Geld für Pinsel und Farben erbettelt. Heute ist ein Gauguin nur für zweistellige Millionenbeträge zu bekommen. Die Kunst ist zu Lebzeiten meist brotlos. Man hat noch nicht einmal das Geld, um sich einen Strick zu kaufen."

„Und Ihre Bilder?" wollte ich ihn fragen, unterdrückte aber meine Neugierde. Eine solche Frage schien mir zu forsch, zu intim. Vielleicht würde er mir ja irgendwann mal seine Bilder zeigen oder von sich aus darüber reden. Dazu aber kam es früher, als ich erwartet hatte. Denn Torness sah mich prüfend an und meinte: „Ich vermute wohl richtig, dass Sie auch Schach spielen. Wenn Sie Lust haben, kommen Sie doch gleich mit, dann probieren wir es einmal. Aber ich warne

Sie. Ich liebe es, die Springer an Dame und König zu fesseln."

„Kein Problem", antwortete ich. „Dagegen kann man sich wehren."

So kam es, dass ich noch am selben Tag seine Finca kennen lernte. Als ich durch das Tor den Hof betrat, kam mir aus einer Hundehütte Paule entgegen.

11

Paule blieb vor mir stehen, ließ sich streicheln, blickte erwartungsvoll hoch, während Torness sagte: „Das hat er noch nie bei einem Fremden getan. Normalerweise verbellt er einen, selbst wenn er in meiner Begleitung kommt. Und streicheln lässt er sich schon gar nicht. Er ist sehr scheu, hat schlechte Erfahrungen gemacht, war im Tierheim. Wir haben ihn vor zwei Jahren bekommen."

Der Maler schüttelte erstaunt den Kopf, ging dann vor mir auf die Haustür zu, während Paule nicht von meiner Seite wich. Ich fragte Torness nicht, wer mit dem ‚wir' gemeint war. Das würde ich entweder in der Finca sehen oder er würde es mir selbst erzählen. Irgendetwas hielt mich davor zurück, ihn aufzuklären, dass Paule und ich schon Freundschaft geschlossen hatten und das Kunststück mit der Glocke gab ich sowieso nicht preis. Der Maler würde mich vielleicht für verrückt erklären, wenn ich einem Hund, der mir nicht gehörte, das Klingeln beibrachte. Oder er wäre empört, mochte es für eine Enteignung halten. Schließlich war es sein Hund. So schwieg ich also. Als er die Tür aufschloss, wollte Paule mit ins Haus, aber Torness machte eine unwirsche Handbewegung zu der Hundehütte hin und sagte: „Hau ab! Du kommst nicht mehr mit hinein."

Paule blieb stehen, sah fragend zu mir hoch, drehte sich dann aber um und verschwand in seiner Hütte. Jetzt verwunderte ich mich. Warum sollte der Hund nicht mit ins Haus dürfen? Das war ungewöhnlich. Oder war es vielleicht in Spanien so üblich und der Maler hatte sich der Landessitte angepasst? Aber er hatte gesagt: „nicht mehr". „Du kommst nicht mehr mit hinein." Also musste er es zuvor gedurft haben. Was war passiert? Was hatte Paule angestellt? Möglicherweise hatte er im Atelier Farbtöpfe umgeworfen oder ein Sofa zerpflückt. Ich hielt es für unhöflich, Torness zu fragen, warum der Hund Hausverbot hatte. Auch fragte ich ihn nicht, wie er denn wirklich hieß. Den Namen ‚Paule' hatte ich ihm gegeben und wollte ihn auch beibehalten.

Der Maler war vor mir im Türrahmen stehen geblieben, wartete, bis der Hund verschwunden war. „Kommen Sie!" sagte er und ging durch einen Flur, der einer Galerie glich, vor mir her. Wie in einem Museum hing ein Gemälde neben dem anderen. Es waren Stillleben, Landschaftsmalereien, Hafenszenen und Segelboote auf dem Meer. Bei den Stillleben konnte man auf den ersten Blick nicht erkennen, ob es eine Fotografie war oder ein Ölgemälde. So fein in den Nuancen, so detailreich, so realistisch war es, dass man erst mit der Hand hätte darüber streichen müssen, um die Farben zu erspüren. Ich hatte immer geglaubt, die Erfindung der Fotografie habe den Realismus in der Malerei abgelöst, ihn überflüssig gemacht, so dass die Kunst die Wendung zur Abstraktion hin nehmen musste wie etwa bei Picasso. Oder zum Surrealismus wie bei Dali. Oder eben zu Farbspielereien wie bei Hundertwasser. Manche Maler hatten sich aus dem Dilemma, das ihnen die

Fotografie bereitete, befreit, indem sie die Leinwand mit Tupfern beklecksten und tiefsinnige Interpretationen erfanden. Auf diese Weise konnte eigentlich jeder malen, sogar der Affe im Zoo. Man musste ihm nur einen Pinsel in die Hand drücken und Farbtöpfchen bereitstellen. Ich blieb bewundernd vor einem Stillleben mit Äpfeln, Birnen und einer Flasche Rotwein stehen, sagte: „Toll! Wie fotografiert."

Torness, der vor mir herging, drehte sich um, sah mich tadelnd an. „Von Kunst haben Sie wohl keine Ahnung. Die Fotografie kann nur den Moment abbilden. Aber die Malerei kann ihn erschaffen."

12

Torness führte mich in einen Wohnraum, an den sich ein großer, heller Wintergarten mit Blick auf Torrox Costa und das Meer anschloss. Allein der Wohnraum hatte die Größe meines gesamten Landhäuschens. Im gemauerten Kamin glühte noch Holz, eine gemütliche Sofaecke lud zum Verweilen ein. An einem rustikalen, massiven Tisch, der gewiss antik war, hätte die gesamte Tafelrunde des König Artus Platz gehabt. Ein paar Meter dahinter ging es durch einen Torbogen in die Küche, von der ich aber nur einen kleinen Ausschnitt sah, eine weiße, luxuriös wirkende Zeile mit Herd und Backofen. Anders als im Flur hingen im Wohnraum nur wenige Bilder, die auch, was den Malstil betraf, von ihm sein mussten. Eine Szene aus einer Hafenkneipe, ein alter Mann neben einem Jungen auf einer Hafenmauer, eine aufreizende Flamencotänzerin in feuerrotem, langem Kleid. Torness bemerkte meinen Blick. „Sind auch von mir", sagte er und fragte mich dann: „Einen Cognac oder ein Bier? Oder besser einen Kaffee beim Schach? Wissen Sie, ich stehe morgens gegen fünf auf, gehe mit einer Kanne Kaffee ins Atelier, arbeite bis zum Mittag. Danach kann man sich ruhig anderen Getränken widmen."

„Cognac", antwortete ich. „Ist ja nur ein Spiel."

Der Maler verschwand für einen kurzen Moment in der Küche, kam mit zwei Gläsern zurück und hatte unter den Arm eine Flasche geklemmt. Er stellte die Gläser auf den großen Tisch, öffnete die Flasche, schenkte ein. „Wir spielen am besten hier", meinte er. „An dem kleinen Tisch bei den Sofas muss man sich zu sehr vorbeugen." Er bedeutete mir, Platz zu nehmen, hob ein Glas mit dem Cognac. „Salute! Ich hoffe, das ist der Beginn einer angenehmen Nachbarschaft und wir spielen öfter, falls Sie Lust haben und kein schlechter Verlierer sind."

„Bin ich nicht. Die Hauptsache, es macht mir Spaß. Mit Kaffee oder Cognac dabei und einer Zigarette. Ich hoffe, wir spielen ohne Uhr. Ist ungemütlich, wenn man nach jedem Zug den Pin drücken muss. Manche schlagen ja richtig hektisch darauf, um keine Sekunde zu verlieren."

„Keine Sorge", meinte Torness. „Mag ich auch nicht." Er ging zu einer Kommode, die an der Wand gegenüber der Sofaecke stand, öffnete unter einer Schublade eine Tür, zog ein Holzbrett hervor, das Turniermaßen entsprach, und ein Kästchen mit den Figuren. Er schob das Brett auf den Tisch, stellte das Kästchen daneben, setzte sich mir gegenüber. „Die Farbe auslosen müssen wir nicht. Als mein Gast dürfen Sie wählen. Weiß oder Schwarz."

„Weiß", entschied ich.

Torness öffnete das Kästchen, schüttete die Figuren aus. „Werden Sie ja kennen", bemerkte er jovial. „Weiße Dame, weißes Feld. Schwarze Dame, schwarzes Feld. Und das Brett bitte so drehen, dass das weiße Feld A2 links von Ihnen ist."

Wir stellten die Figuren auf.

„Bitte", sagte Torness. „Ihr erster Zug! Und passen Sie auf Ihre Dame auf!"

13

Der Verlauf unserer ersten Partie war so irre, dass ich ihn hier ausführlich wiedergebe, falls jemand Lust hat, sie nachzuspielen. Ich eröffnete mit dem weißen Königsbauern von E2 nach E4. Torness zog mit dem schwarzen Bauern von C7 nach C5, war offensichtlich auf ein kompliziertes Gambit aus. Ich kümmerte mich nicht darum, zog den Springer rechts vom König von G1 nach F3, so dass er in der Bahn meiner Dame stand. Der Maler machte den Weg frei für seinen Läufer auf den weißen Feldern, zog einen Bauer von D7 nach D6. Ich schob meinen Läufer auf den weißen Felder von F1 nach C4. Jetzt kam, was ich erwartet und Torness mir in der Mula-Bar angedroht hatte. Mit seinem Läufer auf den weißen Feldern fesselte er meinen Springer vor der Dame.

„Habe ich Ihnen doch gesagt", kommentierte er den Zug. „Ich liebe die Fesselung der Springer. Jetzt versuchen Sie doch mal, sich davon zu befreien. Kann nur mit einem Positionsnachteil enden."

Ich sagte nichts dazu, schlug stattdessen mit meinem Läufer seinen Königsbauer auf F7. „Schach!"

Er schüttelte den Kopf. „Sie wollen Ihren Läufer für einen Bauer opfern? Meinetwegen."

Mit dem König schlug er den Läufer. Jetzt rückte mein Springer von F3 nach G5, so dass sein Läufer meine Dame hätte schlagen können.

„Sie wollen auch noch die Dame opfern?" fragte er erstaunt.

„Nein, nein. Durch den Springer stehen Sie im Schach. Sie müssen erst mit Ihrem König ziehen."

Er nahm einen Schluck Cognac, brummte irgendetwas vor sich hin, ging mit dem König zurück nach E8. Mit meiner Dame kassierte ich seinen Läufer.

„Raffiniert!" meinte er anerkennend. Da er seinen König schon bewegt hatte, war eine schützende Rochade für ihn nicht mehr möglich. Auch waren die anderen Figuren noch nicht genügend entwickelt. Mein Springer im Verbund mit der Dame konnte nun mit geschickten Kombinationen ein verheerendes und für ihn verlustreiches Feuerwerk anrichten. Ich ging mit der Dame nach F5, bedrohte den König mit Matt. Zwar zog er noch seinen Springer schützend von G8 nach F6. Es folgte mein Damenzug von F5 nach E6. Mit dem Bauer von H7 nach H6 griff er zwar meinen Springer an, aber der setzte sich im Schutz der Dame nach F7 ab zu einer Gabel zwischen seinem Turm und seiner Dame. Die Partie war gelaufen.

Torness brütete noch eine Weile über dem Brett, erkannte dann aber die Ausweglosigkeit, wenn er weiterspielen würde. Sein Verlust war nicht wiedergutzumachen. Ich musste nur konsequent weiterspielen, in Ruhe meine Rochade durchführen, Figuren entwickeln und abtauschen. Seine Stellung war wegen seiner Vorliebe für Fesselspielchen total verhunzt. Er legte seinen König um, gab auf.

„Ich sehe", sagte er, „ich habe Sie unterschätzt. So blöde kann Ihr Computer gar nicht sein. Ich habe seit Jahren kein Spiel mehr verloren, allerdings auch nicht oft gespielt." Er füllte die Gläser mit Cognac nach. „Machen wir noch eine Partie", brummte er. „Dieses Mal passe ich besser auf."

14

Die zweite Partie endete Remis. Ein Ergebnis, mit dem Torness zufrieden war. Die Cognacflasche, die zuvor noch gefüllt war, hatte sich mittlerweile halb geleert, und er hatte mir das ‚Du' angeboten. Ich war dadurch mutiger geworden und fragte ihn, wer mit dem ‚wir' gemeint sei. „Wir haben ihn vor zwei Jahren bekommen", hatte er gesagt.

Seine Stirn legte sich in Falten, die gerade aufgekommene heitere Stimmung verfinsterte sich etwas. „Eigentlich ist es Marias Hund", antwortete er. „Aber sie ist seit fast einem Jahr verschwunden. Der Köter ist geblieben."

Nach einer kurzen, nachdenklich wirkenden Pause fuhr er fort: „Aber weißt du, es war mein Fehler. Wir waren auf einer Sylvesterparty. In Torrox, im

‚Zapfenstreich‘, in einer Berliner Kneipe. Ich habe ausgelassen mit einer blonden, deutschen Tennislehrerin getanzt. Dann gab es um Zwölf, als die Raketen in den Himmel schossen, eine Polonaise, ‚Die Vögelein vom Titicacasee‘ oder so ähnlich. Ich hatte meine Hände auf den Schultern der Blonden und nicht nur da. Wir haben uns ausgereiht und sind zum Strand weitergehüpft. Da ist es dann passiert. Maria war uns heimlich gefolgt, hat alles mitbekommen. Na ja, als ich dann in die Kneipe zurückkam, war sie verschwunden. Und als ich mit einem Taxi nach Hause kam, war sie auch dort nicht. Sie ist nicht mehr zurückgekommen. Ich wunderte mich, dass sie den Hund nicht mitgenommen hat. Es war ja mehr ihrer. In meiner ersten Wut habe ich ihn verjagt. „Lauf!“ habe ich gesagt. „Hau auch ab!“ Aber er ist immer wieder zurückgekommen, hat sich in der Hütte verkrochen, auf Maria gewartet. Manchmal läuft er auch zur Mula-Bar, um nachzusehen, ob sie da ist. Sie war mit ihm täglich dort.“

„Marias Hund?“ fragte ich. „Er gehört ihr?“

52

„Ja, eine verrückte Geschichte, die teuer war. Sie hat als Flugpatin für Hunde gearbeitet, ehrenamtlich. Wissen Sie, weißt du, die CSN, die Costa del Sol Nachrichten sind voll von Anzeigen, wo Flugpaten für herrenlose Hunde gesucht werden, die hier in Spanien beseitigt werden sollen. In Deutschland finden sich mitleidige Seelen, die so einen Hund suchen. Sie bezahlen Hin- und Rückflug der Begleitperson. Maria hatte den Job schon ein paar Mal gemacht. Aber dann hatte sie sich eines Tages beim Check-In in diesen Köter verliebt, war nicht geflogen, hatte den Flug verweigert, kam mit dem Hund von Málaga hierhin zurück. Die deutschen Kunden haben natürlich Theater gemacht. Das ersehnte und bezahlte Tier war nicht gelandet. Ich habe ihnen den Preis für die Tickets erstattet. Da war nach einiger Maulerei und einer blödsinnigen Schadensersatzforderung irgendwann Ruhe."

„Sie wissen, wo Ihre Frau jetzt ist?"

„Wir sind nicht verheiratet, haben immer so zusammengelebt. Sie ist Spanierin. Ich habe sie in der Santander Bank in Mönchengladbach kennen gelernt. Sie wohnt jetzt in Madrid bei ihrer Familie, die Eltern leben noch, sind uralt, aber munter. Maria! Erst macht sie so ein Theater um den Köter, und dann lässt sie ihn einfach zurück."

„Sie hat sich nach dem Vorfall nicht mehr blicken lassen?"

„Nein, verstehe ich auch nicht. Wir haben noch einmal telefoniert. Da hat sie mich gebeten, sie in Ruhe zu lassen. Als ich sagte, sie solle wenigstens den Hund abholen, hat sie einfach aufgelegt. Sie muss immer noch sehr wütend auf mich gewesen sein. Verstehe einer die Frauen! Quantenmechanik ist einfacher."

Torness zuckte mit den Schultern, fuhr fort: „Ist auch egal. Jetzt habe ich eine junge, allerdings etwas anstrengende Freundin, Kubanerin, in Córdoba. Manchmal kommt sie für zwei Tage, manchmal fahre ich für zwei Tage zu ihr."

„Mit Maria ist es also zu Ende?" fragte ich.

„Muss wohl", antwortete er. „Schade eigentlich. Sie ist ein ausgesprochen hübsches Exemplar. Immer noch. Auch wenn sie etwa so alt ist wie du. Ich kann sie dir gerne zeigen."

Er stand auf, ging zu den Sofas, rückte eins von der Wand, holte ein Gemälde hervor, das er dort versenkt hatte. „Es hing vorher neben dem Kamin" sagte er. „Aber als sie abgehauen ist, wollte ich es nicht mehr sehen. Wegwerfen konnte ich es aber auch nicht. Hier siehst du sie."

Ich sah eine Frau auf einer Schaukel. Mit blumengeschmücktem Hut, unter dem lockiges, braunes Haar auf die Schulter fiel. Die Schaukel war in einer Vorwärtsbewegung. Das lange, gelbe Kleid bauschte sich, gab einen weißen Innensaum frei und grazile Beine. An den Füßen steckten farblich zum Kostüm passende Schuhe mit hohen Absätzen. Die Schaukel hing am Ast eines Baumes.

„Hier siehst du, wie man etwas schönmalen kann", kommentierte Torness. „In Wirklichkeit war sie, als sie auf der Schaukel saß, schon älter, und die Schaukel hing auch nicht an einem Baum, sondern war eine normale Kinderschaukel mit Gestänge. Wir hatten das Grundstück so von den Vorbesitzern übernommen. Maria hatte mich gebeten, die Schaukel stehen zu lassen. Sie liebte den Schwung, schaukelte täglich, blickte dabei auf das Meer. Na ja, auf dem Gemälde hier habe ich die Szene etwas romantischer gestaltet, die Schaukel an einen Baum gehängt."

Torness ging zu dem Sofa zurück, ließ das Bild verschwinden, rückte das Sofa wieder an die Wand. „Weg ist weg", meinte er. „Aber vielleicht lässt es sich ja verkaufen. In Torre del Mar gibt es eine Galerie, wo ich einmal eine Ausstellung hatte."

15

Den Maler besuchte ich von nun an täglich. In die Mula-Bar aber ging ich nur dann, wenn ich ihn im Atelier wusste. Pünktlich um elf, manchmal auch ein paar Minuten früher oder später, zog Paule die Glocke. Ich kam heraus, und er begleitete mich zur Bar. Wenn wir an der Finca von Torness vorbeikamen, machte Paule keine Anstalten in den Hof zu laufen. Er tat gerade so, als kenne er das Anwesen nicht. Der Maler musste sein Atelier im von der Straße abgewandten Teil der Finca haben. Wir bekamen ihn zu dieser Zeit nie zu Gesicht. Hatten Paule und ich die Bar erreicht, blickte der drollige Kerl kurz zur Terrasse, drehte dann ab und verschwand.

Einmal, als ich wieder bei Torness war und wir Schach spielten, fragte ich ihn:

„Diese blonde, deutsche Tennistrainerin, mit der du auf der Sylvesterparty getanzt hast, heißt sie Viktoria Elisabeth?"

Torness sah mich verblüfft an. „Du kennst sie?"

„Ich habe sie nur einmal in der Mula-Bar getroffen. Da hatte sie mich gefragt, ob ich nicht Tennis lernen wollte."

„Hat sie mich auch gefragt", brummte der Maler. „Aber da ist was anderes draus geworden."

„War ihr Mann damals in Deutschland?"

„Ja, hat sie mir erzählt."

„Zu einer Augenoperation?"

„Weiß ich nicht. Danach habe ich nicht gefragt. Du hast mit ihr was angefangen?"

„Nein. Ihr Mann ist im Schützenverein. War mir zu heiß."

Torness schmunzelte. „Schützenverein. Dann habe ich wohl Glück im Unglück gehabt. Hier ist er nie aufgetaucht."

„Und wenn Maria wiederkommt?" wollte ich wissen und stellte diese Frage so beiläufig ich konnte."

„Nichts. Es ist aus. Zurzeit habe ich ja eine Freundin in Córdoba. Da bin ich übrigens die Feiertage über, bis Neujahr. Wenn Maria kommt, wenn Maria kommt…", wiederholte er meine Frage, schüttelte den Kopf und sagte dann: „Sie hat wahrscheinlich genug von mir, hat mich immer als schlimmen Vogel bezeichnet, obwohl ich nur manchmal was getan hatte." Entschuldigend fügte er hinzu: „Maler sind nicht monogam. Kennen wir ja von Picasso. Die Kunst fordert Tribut."

„Der Hund?" fragte ich. „Du nimmst ihn mit nach Córdoba?"

„Ungern. Der stört nur. Aber was soll ich machen? Oder…". Er legte eine Pause ein, sah mich erwartungsvoll an. „Oder aber du kümmerst dich in der Zeit um ihn. Du müsstest dann allerdings wenigstens einmal am Tag in den Hof, ihn füttern. Mit nach Hause nehmen kannst du ihn nicht. Der Köter bewegt sich ja nur zwischen hier und der Bar. Ausführen musst du ihn nicht. Seine Geschäfte erledigt er im Garten. Oder er zwängt sich unten durch das Tor und düngt die Felder."

Ich nickte. „Mach ich. Gerne. Kein Problem. Ich bleib Weihnachten sowieso zu Hause."

„Danke!" sagte Torness. „Vielleicht bleibe ich dann etwas länger in Córdoba. Du bekommst einen Schlüssel für das Tor.

Futter findest du im Geräteschuppen, oben auf einem Regal. Um in den Garten zu kommen, gehst du einfach vom Hof aus um die Finca herum. Ich zeige es dir nachher."

Dieses Gespräch fand zehn Tage vor dem Heiligen Abend statt.

16

Wie bei Schachspielern üblich sprachen wir nur wenig während der Partien, konzentrierten uns mehr auf die Figuren und ihre Züge. Manchmal griff Torness nach einer Fliegenklatsche, fluchte, schlug zu. „Lästige Viecher! Das Campo ist voll davon."

Nach dem Spiel saßen wir jedoch noch eine kleine Weile zusammen, plauderten etwas. Torness füllte sich dann zum zweiten Mal das Cognacglas, während ich umgestiegen war auf Cerveza oder manchmal auch, wenn mir danach zumute war, auf Kaffee. Den Cognac vertrug ich nicht. Er machte mich duselig im Kopf. Gelegentlich, wenn der Maler über seinen Kombinationen brütete, schielte ich nach dem Sofa, hinter dem er das Bild versteckt hatte. Ich hätte es gerne noch einmal gesehen, wusste aber nicht, wie ich ihn mit einem plausiblen Grund dazu bewegen konnte. Nach einer der Partien sagte ich beiläufig: „Ihr habt doch gewiss schon viel von der Welt gesehen. Wo seid ihr überall gewesen?"

„Ach", meinte Torness, „da säßen wir heute abend noch hier, wenn ich das alles aufzählen würde."

„Wo war es denn am schönsten?" ließ ich nicht locker.

Der Maler blickte zur Zimmerdecke, wiegte den Kopf hin und her. „Wo, ja wo?" Dann nach einer Weile antwortete er: „Vielleicht auf den Cook Islands, auf Rarotonga. Wir haben vor zwei Jahren eine Reise durch die Südsee gemacht. Inselhüpfen. Von Neuseeland zu den Fidjis, dann Rarotonga, Tahiti, Bora-Bora. Zum Schluss sind wir nach Australien und von Sydney nach Hawai geflogen. Irre Geschichte. Du fliegst am Abend in Sydney los und kommst am selben Tag mittags in Honolulu an."

Ich schüttelte ungläubig den Kopf. „Geht doch gar nicht. Wie kann man abends abfliegen und am Mittag desselben Tages ankommen?"

„Doch, geht. Du überfliegst nämlich die Datumsgrenze. Was haben wir heute?" Er sah auf seine Uhr. „Ach ja, den 10. Dezember. Dieses Datum haben wir auch in Sydney, aber in Honolulu ist es noch der 9. Du fliegst also am Abend in Sydney los. Der Flug dauert zehn Stunden. Du kommst am 10. Dezember mittags an. Irre, nicht wahr! Abends abfliegen und mittags am selben Tag ankommen. So etwas ist selbst mit Lichtgeschwindigkeit nicht zu erreichen."

„Und Rarotonga? Was hat dir da besonders gefallen?"

„Rarotonga? Ach so. Eigentlich alles. Keine Hütte ist höher als die Palmen, der Pazifik kristallklar, ein Taucherparadies, die Insel selbst kannst du mit dem Jeep in einer Stunde umfahren. Die Menschen dort sind sehr freundlich, entspannt, relaxed und die Frauen außergewöhnlich schön."

„Du hast Fotos von der Reise?"

„Ja, müsste ich aber erst suchen. Interessiert es dich?"

„Und ob!" bekräftigte ich. „Ich selber konnte nicht viel reisen. Wegen dem Buchladen. Ein paar Mal Holland und einmal eben Mallorca."

Ich hatte Torness bei unserem ersten Treffen davon erzählt, dass ich Buchhändler war. Er hatte gefragt: „Was haben Sie denn beruflich getrieben?" Auf meine Antwort hatte er mitleidig gemeint: „Da kann man ja nur mit dem Fahrrad unterwegs sein."

Er stand auf, ging zu der Kommode, aus der er immer Brett und Figuren holte, öffnete eine Schublade, kramte, wühlte, murmelte, sagte schließlich: „Ach ja, hier. Südsee." Mit einem Kuvert, das einen Stapel Fotografien enthielt, kam er zurück an den Tisch. „Digital hab ich das nicht", meinte er. „Ich hasse diese Knipserei, bei der man beliebig viele Fotos machen kann, ohne dass es einen etwas kostet. Ein Motiv muss man suchen, auswählen, gestalten. Ich habe noch eine alte Spiegelreflex mit Film." Er verschob den Stapel auf dem Tisch wie eine Dominoreihe, suchte, sagte:

„Hier, Rarotonga, vom Flieger aus, beim Anflug. Da siehst du zunächst nur Palmen und rings um die Insel das Riff."

Er reichte mir das Foto. Ich betrachtete es, kommentierte „schön!" Er schob mir das nächste Bild zu. „Am Strand."

Der Strand, den er seitlich, für die Perspektive im Wasser stehend, aufgenommen hatte, zog sich durch eine mit Kokospalmen gesäumte Bucht. Das Interessanteste jedoch war die Frau, die ihren Fuß in das kristallklare Wasser schob und in die Kamera lächelte. Um das Bild länger betrachten zu können, sagte ich erstaunt: „Der Sand ist ja schwarz!"

„Ja, ja", bestätigte Torness. „Vulkanisch. Aber sehr fein und warm."

Es folgten die weiteren Fotos. Landschaftsaufnahmen, eine Bergtour, Fischerboote, eine dunkelhäutige Schönheit vor einer Disco, die ‚Banana-Court' hieß, ein Insulaner, der barfüßig eine Palme hochkletterte, und einmal noch Maria, wie sie auf der Motorhaube des Jeeps saß und sich mit der rechten Hand das Haar zurückstrich.

Ich hatte die Fotos nicht weiter kommentiert. Irgendwann gehen einem die albernen Vokabeln aus wie ‚schön, wunderbar, idyllisch, reizvoll, faszinierend' und so weiter. Dass Torness Maria auf dem Schaukelbild schöner gemalt hatte, als sie wirklich war, dachte ich nicht. Im Gegenteil. Auf den Fotos, und das war erst zwei Jahre her, fand ich sie noch viel attraktiver. Ich erinnerte mich an den Spruch des Kongopaul, der von seiner

Isabell stolz gesagt hatte: „Sie ist schön wie die junge Whitney Houston." Was hätte ich über Maria sagen können? „Sie ist schön wie…" Mir fiel nichts ein. Sie hatte eben ihren ganz eigenen Reiz.

17

Ich machte mir nichts aus Frauen, die erheblich jünger waren als ich. In dieser Beziehung verstand ich den Kongopaul nicht, konnte seine Begeisterung nicht teilen, dachte auch an den Stress, den so ein Wesen einem in die Jahre gekommenen Herrn bereiten konnte. Sie wollte noch was erleben. Er hatte schon.

Ruhe, Gemütlichkeit, Wärme stellte ich mir als erstrebenswerter vor. In ihrem Jugendwahn ließen betagte Herren sich Frauen aus Kuba oder der Dominikanischen Republik einfliegen und erlitten jämmerlichen Schiffbruch. Die westlichen Damen organisierten Reisen nach Tunesien oder Marokko, reisten mit dem Katamaran von Tarifa nach Tanger. Oder sie wandten sich einem der jungen Afrikaner zu, die an der Strandpromenade von Torrox Uhren, Schmuck und Textilien verkauften. Gegen eine solche Beziehung war nichts zu sagen, diente sie doch in gewisser Weise der Entwicklungshilfe.

Es war für mich ein dummes Märchen, dass sich die Schönheit einer Frau mit dem Alter verliert. Der Rummel um Anti-Aging-Maßnahmen mit Cremes, Botox und Operationen hatte zu dieser blödsinnigen Ansicht geführt und sich wie ein Virus verbreitet. In Wirklichkeit konnte eine Frau umso schöner werden, je älter sie wurde. Oder sagen wir attraktiver, weil lebensweiser. Sicher, da kamen Falten hinzu. Na und! Muss ein Gesicht flach sein wie die Niederlande? Falten erzählten Geschichten, spiegelten Erlebtes wider. Glatt war langweilig. Ich hatte einmal in einem Reisejournal das Foto einer tibetischen Frau gesehen, die über hundert Jahre alt war. Das Gesicht war von einer so zeitlosen, beseelten Schönheit, dass es mich verwirrte. So war es auch mit Maria. Torness hatte sie vor zehn Jahren gemalt. Auf dem Foto aber dort am Strand von Rarotonga wirkte sie viel schöner, beseelter, lebendiger. Sicher, auf dem Gemälde war sie auch reizvoll, reizvoll dargestellt mit einer geschickt ausgesuchten motivischen Situation.

Langsam begriff ich, dass ich dabei war, mich in Maria zu verlieben, obwohl ich ihr nur auf einem Gemälde und auf einem Foto begegnet war und nichts von ihr wusste. Außer dass sie wie Torness auch bei der Santander-Bank gearbeitet und dann mit ihm in Spanien zusammengelebt hatte. Und dass sie sich eben als Flugpatin für herrenlose Hunde einsetzte. Mehr wusste ich nicht. Gut, ihr Alter noch und dass sie gewiss wegen ihrer Beschäftigung in Deutschland meine Muttersprache verstehen würde. Das Gefühl des Verliebtseins empfand ich als angenehm, beflügelnd. Irgendwie beschwingte es mich, als sei die Welt mit ihren Gebrechlichkeiten total in Ordnung. Ich beschloss, es bei diesem heimlichen Gefühl zu belassen, es als unveräußerlich und durch keine Begegnung zerstörbar zu bewahren, es für mich zu behalten, niemandem davon zu erzählen, es nicht preiszugeben. Auch gegenüber Torness würde ich keine Frage mehr tun, als gäbe es Maria nicht. Sicher, man mochte dieses Verhalten Feigheit nennen. Feigheit vor der Realität, vor der Enttäuschung. Flucht vor dem Weib. Aber so bewahrte ich mir dieses schöne Gefühl der Beschwingtheit. In meine Gartenlaube hatte ich mir einen CD-Player mitgenommen und tanzte, den Blick auf das Meer und hinüber nach Afrika, zu einem flotten, rhythmischen Song: ‚Sweet, sweet hurricane'. Würde Maria jemals im Campo auftauchen, ich würde alles tun, um einer Begegnung aus dem Weg zu gehen, meinen Traum nicht durch die Realität zu gefährden.

18

Ich hütete mich also davor, Torness über Maria zu befragen. Ich hatte mir ein eigenes Bild geschaffen, das allerdings einen gewissen Bezug zur Realität besaß, nämlich zu dem Foto von Rarotonga, wo sie mit ihren rehbraunen Augen schelmisch in die Kamera lächelte, als wollte sie sagen: „Was soll das? Meine Gedanken kriegst du sowieso nicht auf den Film."

Aber nach einer der Partien in den folgenden Tagen war es der Maler selbst, der zu dem Thema hinlenkte. „Sag mal", fragte er mich. „Ist dir nicht fürchterlich langweilig so mutterseelenallein in deinem Häuschen?"

„Ooch", wich ich aus. „Ich weiß mich zu beschäftigen. Ab und zu gehe ich in die Mula-Bar, durchstreife den Campo, sammel Paprika, Avocados, Kaktusfeigen oder auch Chirimoyas, besorge mir im Supermarkt, im Mercadona, Gambas, Muscheln oder Fische und koche was Leckeres. Kochen ist auch so eine Art Kunst. Na ja, und dann habe ich mir noch einen ganzen Stapel Bücher mitgebracht. Nein, langweilig ist mir nicht. Außerdem mache ich manchmal Ausflüge in die Umgebung."

„Die hast du aber bald abgeklappert", meinte Torness und fügte hinzu: „Kochen, alleine essen. Ist doch öde. Schlafen ohne Frau!" Er schüttelte den Kopf, sah mich prüfend an. „Oder bist du etwa vom anderen Ufer?"

Ehe ich „Nein" sagen konnte, stellte er selbst fest: „Siehst eigentlich nicht danach aus. Würde man am Benehmen merken. Wahrscheinlich gehörst du eher zu der Sorte Eremit wie der Heilige Franziskus oder die Höhlenbrüder im Himalaya. Hast du eigentlich jemals eine Frau oder Freundin gehabt?"

„Ja, schon", antwortete ich. „Aber es hat nie lange gehalten. Ich bin ein Fluchttyp, bindungsunfähig."

„Oder feige", bemerkte Torness. „Scheust das Risiko."

„Kann sein", gab ich zu und versuchte von dem Thema wegzukommen, indem ich die Figuren für eine neue Partie aufbaute.

„Lass gut sein", winkte der Maler ab. „Zwei Partien reichen." Er goss sich etwas Cognac nach, griff nach der Bierdose, die vor mir stand, schüttelte sie. „Ist ja leer." Er stand auf, verschwand in der Küche, kam mit einer frischen Dose ‚Cruzcampo' zurück, stellte sie vor mich hin. „Bleib ruhig noch", meinte er. „Finde ich interessant, dass jemand so einsiedlerisch lebt und nicht unglücklich dabei wirkt."

„Ganz so ist es auch nicht", schränkte ich ein. „Die richtige Frau zu treffen wäre kein Fehler."

„Von alleine kommt die aber nicht. Da musst du etwas für tun. Geh doch mal montags in ‚Ankes Paradise' unten an der Strandpromenade oder freitags in ‚Beas Postamt'. Da wird Musik gemacht, getanzt. Da triffst du gewiss eine Frau, der es so geht wie dir. Oder setz dich regelmäßig in eins der Cafés. Irgendwann sitzt am Nachbartisch eine Frau, die auch alleine ist und diesen Zustand nicht mag. Ist doch ganz einfach. Du hast dein Feuerzeug vergessen, bittest sie um ihres. Willst du es etwas origineller anstellen, fängst du an über das Wetter zu reden." Er lachte. „Scherz beiseite! Am besten wäre natürlich, du hättest einen Hund. Da schließt man schnell Bekanntschaften. Ich würde dir ja gern Marias Köter mitgeben, aber der lässt sich nur von ihr anleinen. Bei Fremden schnappt er zu und wehrt sich."

Den Namen zu erwähnen trübte dem Maler dieses Mal offensichtlich die gerade noch heitere Stimmung. Er verzog den Mund, legte die Stirn in Falten, wirkte auf einmal wie ein Kind, dem man sein liebstes Spielzeug geklaut hatte, hatte sich dann aber rasch wieder im Griff, so als hätte er von einer Fremden geredet. „Na ja", sagte er schließlich, „so schlecht war das mit ihr gar nicht. Weißt du, sie ist erfrischend feminin, wenn du verstehst, was ich meine." Ich nickte zustimmend, und er fuhr fort: „Diese ganzen feministischen Unarten, die einem das

Leben als Mann schwermachen, hat sie nicht. Da wird nicht unentwegt diskutiert, erzogen, vorgerechnet, was der eine macht und der andere nicht. Sie ist nicht auf dem Kriegspfad, ist eher der Typ lustiger Vogel, der fünf grade sein lässt. Erfrischend eigentlich. Und attraktiv ist sie immer noch, kleidet sich trotz ihres Alters geschmackvoll flippig, manchmal auch damenhaft, spielt mit den Textilien. Eine Zeit lang hatte sie sogar ihre eigene Modekollektion mit dem Label M.C., Maria Cortez. Sie hat auf dem Trödelmarkt oder bei den Shops des Tierschutzes T-Shirts gekauft für 50 Cent oder einen Euro, hat sie dann mit Domestos besprüht, es einwirken lassen, danach gewaschen und ausgewrungen. Die Farben waren dann unterschiedlich gebleicht und zu bizarren Mustern verlaufen. Sah aus wie indonesische Batik und fand im Internet bei Ebay reißenden Absatz für 18 Euro das Stück. Ein Modeladen in Marbella hat sie sogar für 35 Euro verkauft. Sie waren zu einem Hit geworden bei der dort lebenden, nennen wir die Gesellschaft einmal so, Prominenz. Sie hat auch ein kindliches Gemüt, spielt gerne. Am liebsten Poolbillard oder auch dieses komische

Paddel, das die Spanier so mögen. Und weißt du, wenn wir hier Ausflüge in die Umgebung machten, durfte ich an keinem Feld vorbeifahren, ohne dass sie etwas eingesammelt hat. Paprika, Gurken, Artischocken und was weiß ich noch. Einmal, da stand ich mit dem Wagen am Straßenrand, kam die Guardia Civil. Maria sammelte gerade Blumenkohl. Hat mich 800 Euro gekostet." Torness strich sich mit der Hand nachdenklich durch das Haar.

„War meist erfrischend schön mit ihr. Nun ja, jetzt ist sie weg."

19

Es waren nur zwei Regentage gewesen, die es an der Costa del Sol gegeben hatte. Ein Sturm war die Küste entlang gefegt, Wassermassen heruntergestürzt wie bei einem asiatischen Monsun. Seit meinem ersten Treffen mit Torness in der Mula-Bar waren nun zwei Wochen vergangen. Die Sonne knallte wieder vom Himmel. Das Thermometer zeigte tagsüber Temperaturen von 20-25 Grad. Langweilig war mir nicht. Ich durchstreifte den Campo auf der Suche nach Avocados, die von den

Bäumen auf den Wegrand gefallen waren, sammelte ein, was die Bauern neben den Gewächshäusern entsorgt hatten, meist rote und grüne Paprika, weil sie von Form und Größe her nicht EU-Normen entsprach. Einmal hörte ich mir unten am Strand ein Konzert der ‚Blauen Jungs' an, eines Shanty-Chors deutscher Ausgewanderter. Ich saß auf einem Mäuerchen in Nähe des ‚Carpe diem', vor mir das in der Sonne glänzende Meer. Das Lied „An der Nordseeküste, im plattdeutschen Land, sind die Fische im Wasser und selten an Land" war schön vorgetragen, aber bei mir mochte kein Heimweh aufkommen.

Ich besuchte einen Mittelaltermarkt in Rincón de la Victoria, im Hinterland der Costa del Sol das Valle del Genal, das Tal der Edelkastanien, badete in den heißen Quellen von Alhama del Granada. Am meisten aber beeindruckte mich eine Fahrt mitten in die Sierra Almijara. Über Algarrobo und Sayalonga war ich in den Ort Archez gekommen, hatte dort am Ortsrand auf der Terrasse eines Restaurants, dem ‚Venta El Curro', einen Kaffee getrunken, die sonnenbeglänzte Stille des Bergtals genossen. Meinen

Wagen ließ ich neben dem Restaurant stehen, ging die hundert Meter in den Ort hinein, schlenderte durch die engen, gepflasterten Gassen, bewunderte die schmucken weißen Häuser, deren Fassaden teils mit farbigen Azulejos gekachelt waren. So gelangte ich durch Zufall zu der Kirche ‚Nuestra Señora de la Encarnación‘. Auffallend war der Turm, der wegen seiner Ornamente noch aus der arabischen Zeit stammen musste und früher gewiss zu einer Moschee gehört hatte. Man hatte ihn nach der Reconquista stehen lassen und eine katholische Kirche angebaut. Es war Sonntag, die Messe gerade zu Ende. Ich wartete, bis alle die Kirche verlassen hatten, ging hinein und war erstaunt, im Altarraum eine Madonna zu sehen, die der Figur auf dem Medaillon, das Paule um den Hals trug, genau glich. Ich verwunderte mich, dass die Freundin des Malers so etwas Ungewöhnliches, Besonderes ihrem Hund umgehängt hatte, ihn dann aber nicht abholte, sich nicht mehr sehen ließ.

Ich wanderte noch eine Weile durch Archez, fand den Ort friedvoll, ja, ich spielte sogar mit dem Gedanken, vom Campo in Torrox hierhin zu ziehen.

Archez hatte eigentlich alles, was man zum Leben brauchte. Es gab einen kleinen Supermarkt, ein Hotel, einen Tabakladen und außer dem ‚Venta El Curro‘ noch ein weiteres Restaurant und ein Bistro. Sicher, ich würde die Mula-Bar vermissen und auch die Schachpartien mit Torness. Um täglich zu spielen, war der Weg zu weit. Und natürlich würde mir auch Paule fehlen, an dessen Begleitung ich mich gewöhnt hatte. Hätte ich Sehnsucht nach dem Mittelmeer, konnte ich jederzeit hinunter zur Küste fahren. Auf meinem Rückweg zum Wagen kam ich an einem Maklerbüro vorbei, studierte die Aushänge in einem Glaskasten vor dem Haus. Es waren einige preiswerte Fincas dabei, für 400 oder 500 Euro im Monat. Das würde ich mir bei einem bescheidenen Lebensstil leisten können. Aber als ich dann auf der Rückfahrt den Ort Sayalonga passiert hatte und mir nach einigen Kilometern auf der serpentinenreichen Straße die Küste entgegen glänzte, verloren sich diese Gedanken wieder.

20

Der Garten meines Cortijos ist nicht besonders groß. Vom Rand der Terrasse zieht er sich etwa fünfzehn Meter mit Blick zur Küste hin. In der Breite sind es zwanzig Meter. Umgeben ist er von einem weiß gekalkten Mäuerchen, an dem ein paar Weinstöcke stehen, deren Äste und Blätter sich ein Drahtgeflecht entlang ranken. Sie sind so beschnitten, dass sie den Blick auf das Meer nicht versperren. Die Laube steht am Rand des Gartens. Auch von hier ist die Sicht auf die Küste frei. Das Dach ist mit terracottafarbenen Ziegeln bedeckt. Den Eingang umrahmen flammend rote Bougainvilleas. Neben der Laube ist noch Platz für einen kleinen Schuppen, in dem sich Holz für den Kamin stapelt. Die Laube hat eine ovale Form, ist nach drei Seiten hin geschlossen und hat sogar einen gewissen Luxus, weil sie über einen Stromanschluss verfügt. Schaltet man in der Dunkelheit das Licht an, so sieht man an den weißen Wänden und an der Decke Geckos, die regungslos im Licht verharren und nicht davonhuschen, als seien sie von der plötzlichen Helligkeit betäubt. Tagsüber bekommt man sie nicht zu Gesicht. Dann haben sie sich in irgendwelchen Ritzen und Nischen versteckt. Auf dem Rasen des Gartens stehen verstreut ein paar kleine Fächerpalmen, dazwischen blühen vereinzelt Bougainvillea und Hibiskus. Am auffallendsten aber ist ein Weihnachtsstern, der das Dach der Laube an Höhe noch überragt und sich in der Breite weit auseinander fächert. Von Deutschland her kannte ich ihn nur als kümmerliche Topfpflanze. Hier aber hatte er die Freiheit, sein ganzes Wachstum auszuspielen. Mit seinen tellergroßen Blüten, die rot leuchteten, war er ein besonderes Schmuckstück im Garten.

Es war der 23. Dezember. Torness war nach Córdoba gefahren, hatte mir den Schlüssel zum Tor seiner Finca anvertraut, sich noch einmal dafür bedankt, dass ich mich um den Hund kümmern wollte.

„Weißt du", gestand er mir. „Mitnehmen kann ich ihn nämlich nicht. Er weigert sich in den Wagen zu klettern. Einmal, als ich ihn hineinheben wollte, hat er mich sogar in die Hand gebissen. Ich konnte immer nur morgens nach Córdoba fahren und musste am nächsten Tag wieder zurück. Dieses Mal bleibe ich bis Neujahr. Danke."

Ich dachte an den kommenden Heiligen Abend, wusste nicht, wie ich ihn verbringen sollte. In Deutschland hatte mich immer eine gewisse Melancholie befallen, war dieser Abend doch eigentlich das Fest der Familie. Ich lief dann zum Bonner Bahnhof, wo es eine Kneipe gab, die auch an diesem besonderen Abend und gerade dann bis zum Morgen für heimatlose Gesellen wie mich geöffnet hatte. Der Wirt hütete sich, Weihnachtslieder aus dem Radio spielen zu lassen. Stattdessen hörte man die beliebtesten Hits des Jahres rauf und runter. Mitten in der Nacht, nach etlichen Gläsern Bier und ein paar Ouzo, bestellte ich mir ein Taxi, ließ mich nach Hause bringen und verschlief den ersten Weihnachtstag. Der zweite war dann nicht mehr so schlimm. Jetzt, hier in Spanien, wurde der Heilige Abend, die ‚Noche Nueva', anders gefeiert, nicht mit solcher Gefühlsduselei wie in Deutschland. Es ging eher partymäßig zu. Die Familien saßen zu einem fröhlichen Essen beisammen. Den Tanz um das Goldene Kalb, die Bescherungen, gab es erst später am 6. Januar zum Fest der Heiligen Drei Könige.

Die weihnachtliche Beleuchtung in Torrox fiel dezent aus. Es gab keine Lichterorgien. Auch sah man den obligatorischen Weihnachtsbaum selten. So ganz wollte ich aber auf einen stimmungsvollen Schmuck nicht verzichten. Ich fuhr an diesem Tag nach Torrox hinunter, kaufte in einem chinesischen Bazar für ein paar Euro eine lange Lichterkette mit weißen Kerzen, legte sie in lockeren Schleifen um den Weihnachtsstern. Auch hatte ich mir beim Chinesen eine Verlängerungsschnur besorgt, die von der Gartenlaube bis zum Weihnachtsstern reichte. Am Abend des 23. saß ich in der Gartenlaube, hatte eine Flasche Vino Blanco geöffnet, schloss in der Dunkelheit die Lichterkette an und betrachtete zufrieden meinen ‚Weihnachtsbaum'. Die dicht aneinander gereihten Kerzchen gaben sogar so viel Licht, dass die Blätter des Strauchs in einem geheimnisvollen Rot leuchteten.

21

Ich empfand es als ein Glück, eine
sozusagen virtuelle Geliebte zu haben.
Man war vor Enttäuschungen sicher. Der
Gedanke an Maria war angenehm, wärmte
mir die Seele und bewahrte mich vor
unnützen Grübeleien über den Sinn des
Lebens. Was stellten die Menschen nicht
alles an, um den herauszufinden! Da gab
es ein Väterchen Isidor, das solange
zwischen Moskau und Wladiwostok hin
und herwandern wollte, bis es Gott
gefunden hatte. Ein englischer Professor
glaubte, der Dachs sei glücklicher als der
Mensch. Er fing an, auf allen Vieren zu
krabbeln, im Wald zu schlafen, lernte
Mäusepisse zu erschnüffeln und verharrte
dann vor einem Loch, bis die Maus
herauskam. Andere bekannten sich zur
Vereinigung der Kompostler, ver-
sammelten sich um einen Misthaufen und
meditierten über die Vergänglichkeit, um
sie leichter ertragen zu können. Andere
wiederum trösteten sich mit der
Wiedergeburt, was ich für einen
ziemlichen Stress hielt. Noch einmal
Muttermilch trinken, eine Schultüte in die
Hand gedrückt bekommen und dann ab in

das Rattenrennen! Nein, danke! Die meisten aber unternahmen gar nichts, verdrängten den Gedanken an Sein und Gewesensein. Ob irgendeine Religion einen beruhigen konnte, wusste ich auch nicht. Das Grübeln über den Sinn des Lebens hatte ich lange Zeit durch Lesen besänftigen wollen. So las ich etwa den ‚Trost der Philosophie‘ oder schöne lyrische Verse von Karol Wojtyla oder auch die Anleitungen des Paters Anselm über die ‚Fünf Wege zum Glück‘. All das half nicht. Jetzt aber hatte ich, wenn auch nur virtuell oder meinetwegen platonisch, den Trost am Weibe gefunden und wollte mir diese Entdeckung bewahren, also eine Begegnung mit der Wirklichkeit vermeiden, die, wie ich zuvor einige Male erfahren hatte, nur zum Schiffbruch führte. Ich hätte Torness ja anbieten können, ihn von dem Hund, den er irgendwie nicht mochte, zu befreien, ihn nach der Adresse in Madrid fragen, ihm anbieten können: „Ich bring den Hund dahin.“ Ob er darauf eingegangen wäre, weiß ich nicht. Angenommen, er hätte dem zugestimmt. Was dann? Wahrscheinlich nichts. Ich hätte die leibhaftige Maria gesehen, die gewiss schon in neuen Händen war, hätte den Hund abgeliefert und meine drollige Begleitung zur Mula-Bar für immer verloren. Ich hatte mich an Paule gewöhnt, wartete gegen elf und dann um drei darauf, dass er kam und mit der Vorderpfote den Glockenstrang zog. Alle Dinge waren eigentlich gut so wie sie waren. Die Erprobung der Wirklichkeit hätte nur geschadet.

22

Der 24. Dezember kam, die Noche Nueva stand bevor, die Neue Nacht. Gegen elf am Vormittag hatte Paule mich zur Mula-Bar abgeholt. Um zwölf war ich wieder zu Hause, kochte mir ein Weihnachtsessen. Von einem Farmer aus dem Valle del Genal hatte ich mir ein Kilo Kastanien mitgebracht, die ich zuerst an der Luft und dann im Backofen schon getrocknet hatte. Einen Teil der Kastanien pulverisierte ich zu Mehl, richtete in einem Topf mit Butter eine Maronenschwitze an, goss selbst hergestellte Gemüsebrühe dazu, schmeckte mit Salz, Pfeffer, Sahne, Zimt und Muskat ab, gab einen Löffel Honig hinzu und will auch den guten

Schuss Rum nicht verschweigen. Zum Servieren würde ich mir die Maronensuppe noch mit einem Häubchen Crème fraîche versehen.

Es war gegen zwei Uhr. Die Suppe dampfte schon auf dem Herd. Da schlug die Glocke. „Nanu", dachte ich. „Paule ist aber ungeduldig. Jetzt schon?" Ich ging zur Tür, öffnete sie mit einem Schwung und sagte zugleich: „Aber, aber, mein Lieber, es ist doch noch viel zu früh!"

Paule blickte mich erwartungsvoll an. Er war nicht alleine. Neben ihm stand Maria.

Ich muss einen ziemlich stummen und blöden Eindruck gemacht haben. Wahrscheinlich stand mir der Mund offen. Ob ich irgendetwas gesagt oder einen Laut von mir gegeben habe, weiß ich nicht mehr. Maria aber schob ihre Sonnenbrille von der Nase auf die Stirn, lachte, schüttelte den Kopf, sagte: „Habe ich ja noch nie gesehen. Ein Hund, der klingelt! Eigentlich wollte ich mit ihm in die Mula-Bar. Aber dann läuft er in die andere Richtung und lässt sich nicht davon abhalten."

Sie trug eine schwarze Jacke, einen dunkelroten Rock, der bis an den Schaft ihrer Stiefel reichte. In dem kastanienbraunen Haar, das in lustigen Locken bis auf die Schultern rollte, war ein Schimmer von Kupfer auszumachen, und die zarten Falten, die sich von den Augenwinkeln zu den Schläfen hinzogen, standen ihr gut, als hätten sie sich durch ein langes Lächeln eingraviert. Es dauerte wohl eine Weile, bis ich mich halbwegs gefasst hatte und stammelte: „Ja, ja, der holt mich immer zur Mula-Bar ab."

Ich beugte mich zu Paule, kraulte ihn verlegen. Dann richtete ich mich wieder auf, sagte: „Ich wohne hier."

Maria sah mich immer noch überrascht an. Um die Verlegenheit irgendwie zu überbrücken, fiel mir nichts Besseres ein als: „Kommen Sie doch herein. Ich habe gerade eine Weihnachtssuppe gekocht."

Im Nachhinein, so dachte ich später, hätte ich mich erst einmal ganz locker vorstellen und im Türrahmen etwas plaudern müssen. Aber eine gewisse Hilflosigkeit hatte mich überwältigt und ich brabbelte nur Komisches. Das aber schien Maria nicht zu stören. Sie hatte die Situation gut im Griff, lachte wieder und meinte: „Gerne. Wenn Sie so gut kochen wie sie Hunden Kunststücke beibringen!"

Ich muss ziemlich fahrig serviert haben, vergaß zuerst, die Löffel neben die Teller zu legen, an Servietten habe ich überhaupt nicht gedacht und die Suppenkelle fiel mir beim ersten Schöpfen zu Boden, so dass ich sie spülen und einen neuen Versuch starten musste. Außerdem hatte ich in den Tellern das Häubchen Crème fraîche in der Suppe versenkt, statt es behutsam und dekorativ aufzusetzen. Maria hatte an dem kleinen runden Tisch vor der Küchenzeile Platz genommen, sah meinem nervösen Treiben amüsiert zu, während Paule erwartungsvoll zu mir hochblickte und auf sein Leckerchen wartete. Erst langsam beruhigte ich mich, stellte mich vor und erzählte, wie es mich in den Campo verschlagen hatte. Die Schachpartien mit Torness und dass ich ihn kannte, erwähnte ich mit keinem Wort. Auch gab ich zunächst nicht zu erkennen, dass ich wusste, wer da mit mir Maronensuppe aß.

23

Sie nahm einen ersten Löffel, kostete, nickte anerkennend, sagte: „Ausgezeichnet! Sie haben als Koch gearbeitet? Wo haben Sie das gelernt?"

Ich wehrte bescheiden ab. „Nein, kein Koch. Ich habe mir das selbst beigebracht" und fügte nach einer kurzen Pause hinzu „natürlich auch aus Kochbüchern. Das Rezept mit der Maronensuppe stammt von Goethes Großmutter."

Sie lächelte, als hätte ich mir einen Scherz erlaubt.

„Doch, doch!" bekräftigte ich. „Der Enkel hätte allerdings noch mehr Rum reingetan. Ich habe mich mit einem Esslöffel begnügt. Darf ich Ihnen ein Glas Wein anbieten?"

So verlief unsere erste Konversation, was mir heute im Nachhinein etwas albern vorkommt, sie aber nicht im Geringsten störte. Meine Verlegenheit, die immer noch nicht ganz beseitigt war, schien sie eher zu amüsieren. Ein Glas Wein wollte sie nicht. Dafür lud sie mich ein, mit in die Mula-Bar zu kommen, die sie vor ihrer Rückkehr nach Madrid noch einmal besuchen wollte.

„Paule kommt mit in die Bar?" fragte ich. „Normalerweise, wenn er mich begleitet, dreht er sofort wieder ab."

„Paule? Wieso Paule?"

„Ach so", antwortete ich. „Ich habe ihn so genannt, wusste ja nicht, wie er wirklich heißt."

„Er heißt Bonito", klärte sie mich auf. „Das bedeutet ‚hübsch, schön'. Eigentlich sollte er nach Deutschland gebracht werden. Von mir. Da war ich Flugpatin. Aber ich habe es nicht übers Herz gebracht, ihn in die Maschine verfrachten zu lassen."

Als wir an der Finca des Malers vorbeikamen, meinte sie wie beiläufig: „Da habe ich mal gewohnt."

Ich hätte ein Bedauern oder eine leise Bitterkeit in ihrer Stimme erwartet, aber da war nichts, was auf einen Schmerz hindeutete.

Dieses Mal kam Paule mit auf die Terrasse der Mula-Bar, legte sich unter den Tisch, an dem wir saßen.

„Auch Cerveza?" fragte sie.

Ich nickte, sie bestellte zwei Bier. Angenehm war auch, dass sie aus der Jacke, die sie trug, eine Packung Fortuna holte und neben sich auf den Tisch legte. Sie gehörte also nicht zu den militanten Nichtrauchern, die einen mit Ermahnungen und guten Ratschlägen belästigen. Einige Male hatte ich schon die

Erfahrung gemacht, dass ein erstes Treffen mit einer Frau genau deswegen ein erstes Treffen geblieben war.

In der Mula-Bar habe ich ihr dann alles erzählt. Von den Schachpartien mit ihrem Freund, dass ich den Schlüssel zum Tor der Finca hatte, um für ihren Hund zu sorgen und dass Jan Torness bis zum Neujahr in Córdoba sei.

„Ich weiß", sagte sie nur. „Wir haben gestern miteinander telefoniert. Ich habe ihm mitgeteilt, dass ich Bonito abhole."

„Warum erst jetzt?" fragte ich. „Sie haben den Hund doch bestimmt vermisst."

„Sicher, habe ich. Ich wollte Jan aus dem Weg gehen. Das braucht einfach eine Zeit, bis man das vergisst. Er hat Ihnen sicher erzählt, warum ich mich damals getrennt habe."

Ich nickte, antwortete nur: „Hat er."

Danach haben wir nicht mehr über den Maler geredet. Mir war das recht so. Wir hatten einige Flaschen Alhambra geleert, da blickte Maria plötzlich auf die Uhr, sagte erstaunt: „Mein Gott, wie hier in der Mula-Bar die Zeit vergeht! Ich verpasse den Zug nach Madrid. Noche Nueva. Der letzte geht heute um 19.05 Uhr, der nächste erst morgenfrüh um neun. In zwanzig

Minuten müsste ich am Bahnhof in Málaga sein."

In zwanzig Minuten nach Málaga zu kommen, war unmöglich. Von Madrid aus war sie mit dem Zug nach Málaga gefahren, dort in den Bus nach Torrox gestiegen. Die Busfahrt von Málaga nach Torrox dauert etwa eine Stunde. Auch mit dem Taxi würde es nicht in zwanzig Minuten zu schaffen sein. Ich weiß nicht, was mich in dem Moment, als sie das sagte – „Ich verpasse den Zug nach Madrid." – geritten hat. War es immer noch die Verwirrung über ihren Besuch? War es Tollkühnheit? War es wegen der dritten Flasche Alhambra oder weil wir uns einfach gut verstanden und die Zeit so rasch dahingegangen war? Ich weiß es nicht. Jedenfalls sagte ich spontan zu ihr: „Ich fahre Sie nach Madrid."

24

„Das würden Sie für mich tun?" fragte sie und sah mich erstaunt an. „Das sind fünfhundert Kilometer. Der Zug braucht dazu nur knapp drei Stunden. Außerdem...", sie deutete auf die Flasche, die vor mir stand, „Sie könnten in eine Kontrolle geraten. Die Guardia Civil fackelt nicht lange. Das wird teuer und kostet den Führerschein. Nein, das geht nicht."

„Ach", wandte ich ein, „drei Fläschchen Alhambra in…" Ich sah auf meine Uhr, überschlug kurz die Zeit. „Naja, wir sind jetzt ungefähr seit drei Stunden hier. Zwei Fläschchen sind bereits abgebaut. Der Rest erledigt sich während der Fahrt."

„Nein, geht nicht" wiederholte sie. „Ich nehme mir hier ein Hotelzimmer, fahre morgenfrüh. Aber wenn Sie wollen, bringen Sie mich morgen doch zum Bahnhof nach Málaga."

Ich nickte. „Ja, gerne. Aber warum Hotel? Sie könnten doch in der Finca schlafen."

„Nein, ich habe damals den Schlüssel zurückgelassen. Da will ich nicht mehr rein."

„Dann vielleicht bei Freunden oder Bekannten hier im Campo?"

Sie schüttelte den Kopf. „Nein, dann müsste ich erklären, warum ich ein Jahr nicht da war."

„Verstehe ich", stimmte ich zu. „Wenn Sie wollen, kann ich Ihnen auch mein

Häuschen anbieten. Ich kann auf der Couch im Wohnzimmer schlafen."

Sie zögerte, überlegte. Wahrscheinlich stellte sie sich vor, wie sie die Strecke hinunter nach Torrox Costa laufen und ein Zimmer suchen müsste. Das war zwar noch nicht einmal ein Kilometer, aber es war fraglich, ob es jetzt zu Weihnachten überhaupt ein freies Zimmer gab. „Wenn es Ihnen peinlich ist", versuchte ich ihre Bedenken zu zerstreuen, „dass uns jemand bei mir sieht, dann bleiben wir eben hier sitzen und warten, bis es dunkel ist."

Sie lachte, sah mich forschend an, überlegte einen Moment. „Nun ja, warum nicht. Sie machen nicht den Eindruck, als würden Sie… ach was! Unsinn. Ja, machen wir das so. Aber wir müssen hier nicht warten, bis es dunkel ist. Das ist albern. Wir sind alt genug, um zu tun, was wir wollen. Auf wen sollten wir Rücksicht nehmen!?"

So kam es, dass wir den Heiligen Abend in der Gartenlaube verbrachten. Ich hatte noch eine Flasche Vino Tinto aus dem Küchenschrank geholt, einen einfachen Wein, wie ihn die Winzer tranken und von dem ich mir aus der Region um Sevilla ein paar Flaschen mitgebracht hatte. Auf den

Tisch in der Gartenlaube stellte ich eine Kerze, zündete sie an, brachte auch die Lichterkette am Weihnachtsstern zum Leuchten, füllte die Weingläser. Paule bzw. Bonito hatte sich neben uns gelegt, lag lang hingestreckt mit der Schnauze auf den Vorderpfoten. Ab und zu hob er den Kopf, blickte nach draußen, stellte die Ohren hoch, lauschte auf die Geräusche der beginnenden Nacht. Unten in Torrox Costa flammten die Lichter an der Strandpromenade auf. In dem Ausschnitt des Himmels, den wir von der Laube aus sehen konnten, waren die ersten Sterne heraufgezogen. Die Gartenlaube, so fiel mir ein, war in der Noche Nueva zu einer Art Krippe geworden. Bei diesem Gedanken musste ich lächeln und dachte zugleich: „Was bist du doch für ein Idiot. Eine virtuelle Geliebte! Die Realität ist viel schöner."

25

Am nächsten Tag habe ich sie tatsächlich nach Madrid gefahren. Sie hatte keine Bedenken mehr dagegen. Paule bzw. Bonito hatte sich hinten auf dem Rücksitz ausgestreckt. Der 2 CV schnurrte der Sierra Nevada entgegen. Kurz vor Granada blendeten unter einem blauen Himmel die mit Schnee bedeckten Berggipfel. Irgendwo, zwischen den endlosen Olivenplantagen der La Mancha machten wir eine längere Pause an einer Raststätte, tranken Kaffee, während Bonito in einem Napf sein gewohntes Futter bekam. Maria hatte vorgeschlagen, bei dem Namen Paule zu bleiben. „Bonito ist doch jetzt Vergangenheit", sagte sie.

„Nein, nein", widersprach ich. „Du hast ihm den Namen zuerst gegeben. Bleiben wir doch dabei! ‚Bonito' gefällt mir."

Ich bin eine Woche in Madrid geblieben, mittendrin in der Millionenstadt, im Stadtteil Atocha, feierte mit ihrer Familie Silvester, mit ihren beiden Brüdern, den drei jüngeren Schwestern und den Eltern, die beide auf die neunzig zugingen, aber noch sehr rüstig wirkten. Manolo, der Vater, köpfte an dem Abend zwei Flaschen Rotwein, hob immer wieder das Glas zu mir und sagte „Salute!" Die Flaschen waren nur für ihn reserviert. Er hütete sie wie seinen Augapfel, während wir anderen einen angenehmen weißen Winzerwein tranken und dann Punkt zwölf das obligatorische Glas Sekt. Insgesamt war es sehr lustig und lebendig. Natürlich, wie in Spanien üblich, auch sehr laut. Meine Spanischkenntnisse waren begrenzt. Maria spielte deswegen die Dolmetscherin. Auf Besichtigungen in dem quirligen Madrid hatte ich in diesen Tagen weniger Lust. So machten wir vorzugsweise ein paar Ausflüge in die Umgebung, den weitesten nach Avila, das mich mit seinem tausendjährigen Mauergürtel und den dahinter schneebedeckten Bergen besonders beeindruckte. Am 2. Januar kehrte ich zurück. Nicht direkt nach Torrox, sondern zunächst nach Archez in den Bergen der Sierra Almijara. Ich war nicht alleine. In Archez mieteten wir ein Hotelzimmer, um dann nach einer Finca in der Umgebung zu suchen.

„Madrid ist mir zu laut, zu hektisch, besonders in Atocha", hatte Maria gesagt. „Wenn du nichts dagegen hast, versuchen wir es irgendwo in den Bergen. Sayalonga oder Competa zum Beispiel."

Ich schlug Archez vor.

„Noch besser", meinte sie. „Kenne ich, gefällt mir auch."

„Was ist mit Jan?" wollte ich wissen. „Muss ich ihm gegenüber ein schlechtes Gewissen haben?"

„Ach was!" „Er hat eine neue Freundin in Córdoba."

„Ich habe noch den Schlüssel für das Tor."

„Wirf ihn in den Briefkasten, falls du nicht mehr mit ihm reden willst. Du musst ihm ja nicht unbedingt erzählen, dass du mit mir jetzt in Archez wohnst. Erzählst du es ihm, ist es auch nicht schlimm. Mach dir da keine Gedanken. Oder erkläre ihm, dass du dich zum Meditieren in die Berge zurückziehst. Du hast mir ja gesagt, dass er dich für einen Einsiedler hält."

„Gut", ging ich darauf ein. „Schlüssel in den Briefkasten und einfach verschwinden ist blöd. Dass ich mich zum Meditieren in die Berge zurückziehe, wird er verstehen."

Ich kehrte für einen Tag nach Torrox zurück, bezahlte noch die Miete für den Januar, regelte kulant die Kündigung, verabschiedete mich von Torness.

„Bist schon ein komischer Kauz", meinte er. „Hab ich doch gleich gesagt, dass du es dem Heiligen Franziskus nachmachen willst."

Mitte Januar, da wohnten wir schon in einer Finca oberhalb von Archez, klingelte in der Nacht mein Handy. Es lag im Wohnzimmer auf dem Tisch. Ich stand auf, zögerte kurz, drückte dann aber die grüne Taste. Es war der Kongopaul. Durch das Telefon hörte ich im Hintergrund Zuggeratter.

„Ich halte es nicht mehr aus", sagte er. „Was soll ich machen? Bin auf der Fahrt nach Rüdesheim."

„Fahr lieber durch bis Spanien", schlug ich vor.

Das Gespräch brach da plötzlich ab. Wahrscheinlich war er zwischen Koblenz und Bingen in einen Tunnel gekommen. Ich wartete noch eine Weile, aber er rief nicht mehr an.

Ich ging zurück ins Schlafzimmer. Maria hatte die Lampe auf der Kommode angeknipst. „Wer war das?" wollte sie wissen.

„Ein Freund aus Bonn. Er hat Kummer mit seiner jungen Freundin."

Ich erzählte ihr kurz die Geschichte, mit ein paar knappen Bemerkungen. „Junge, faszinierende afrikanische Schönheit, attraktiv wie Whitney Houston. Er ist sehr stolz darauf. 39 Jahre Altersunterschied.

Verfallenheit, Flucht, Rückkehr, Verfallenheit, Flucht. Er will immer, dass ich ihm helfe. Aber wie denn? Ich kann ihn ja nicht einsperren. Es ist wie ein Virus, bei dem jedes Antibiotikum versagt. Ich kann nichts machen."

„Dann lass ihn. Ich kenne diese Geschichten." Sie sah mich etwas schelmisch an. „Und du, wie ist es bei dir?" fragte sie. „Möchtest du insgeheim nicht auch eine jüngere Frau?"

„Blödsinn", antwortete ich und sparte es mir, das näher zu erläutern. Stattdessen krabbelte ich wieder unter die Bettdecke und wärmte mich.

An einem regnerischen Tag

1

Soviel gekotzt hat er schon lange nicht mehr. Schön, dass der Regen draußen es vom Bürgersteig in die Straßenrinne spült. Vor ein paar Minuten ist er aus dem Krankenhaus geflohen, wo sie ihn hingebracht hat. Er fühlt sich verlassen wie ein Kind, dem die Mutter entlaufen ist. Sie ist seine Freundin. Lena heißt sie.

Der Zonser Ziegenbock fällt ihm ein. Den hatte sie in der Festung am Rhein als Mädchen auf die Wiese führen müssen, wobei er sie immer von hinten gestoßen hat. Der Grund ist einfach. Er wollte neben ihr gehen und nicht am Strick gezogen werden. Aber das hat sie nicht verstanden. Er jedoch versteht jetzt den Bock, kotzt noch einmal in die Rinne und spricht ihn heilig.

Das Gefühl der Verlassenheit macht ihn ungerecht. Aber er ahnt es schon. Sie wird ohne ihn wegfliegen. So wie sie es angekündigt hat. Jetzt hat sie ihn hundert Kilometer von Bad Breisig nach Neuss ins Krankenhaus gefahren, wo es eine spezielle Abteilung für Herzangelegenheiten gibt. Eigentlich müsste er dankbar sein, dort in der Kardiologie so rasch einen

Platz bekommen zu haben. Er hat eine Mitralklappeninsuffizienz. NYHA III. Das ist eine Skala der New York Heart Association. Die geht bis IV. Er ist also vor der letzten Stufe. Ein Herzkatheter soll ein genaueres Bild bringen. Über Arm oder Leiste führt man einen Schlauch bis zum Herz, spritzt ein Kontrastmittel und kann Herzstrukturen und Gefäße auf dem Röntgenschirm besser sichtbar machen. Wie man es von Beipackzetteln bei Medikamenten kennt, kann auch eine solche Untersuchung ihre Risiken haben.

Angst hat er auch vor der Diagnose. Was, wenn es nicht nur die Klappe ist? Wenn es heißt: „Ihr Herz ist abgenutzt. Sie brauchen ein neues."

Im Krankenzimmer sitzt er stundenlang neben seinem Bett auf einem Stuhl, zieht sein Jackett nicht aus. Die Vorstellung, dass man an seinem Herzen herummacht, wird immer schlimmer. Dazu stellt sich das Gefühl kommender Verlassenheit ein. Bis er es nicht mehr aushält. Wie ein seelischer Tsunami schlägt es über ihm zusammen. Er steht auf und geht. Seinen Rucksack lässt er zurück. Sein Smartphone hat er ausgeschaltet. Er ist nicht mehr erreichbar. Abgemeldet im Krankenhaus hat er sich nicht. Er ist geflohen, verschwunden. Das Krankenhaus wird bei der Polizei eine Vermisstenanzeige aufgeben.

Am Parkplatz des Krankenhauses steigt er in ein Taxi, lässt sich zum Neusser Bahnhof fahren. Beim Umsteigen in Köln vertut er sich, fährt statt linksrheinisch rechtsrheinisch Richtung Koblenz, steigt in Koblenz wieder um. Es geht linksrheinisch zurück nach Bad Breisig. Am Bahnhof dort versagt die Tür. Er kommt nicht raus. Der Zug fährt an und es geht weiter nach Sinzig. Von dort wieder zurück nach Bad Breisig.

In der Gaststube einer Tennishalle hockt er sich an die Theke. Mit wieviel Bier weiß er nicht mehr. Irgendwann bringt ihn ein Taxi zu seiner Wohnung. Es regnet, regnet, und der Regen hört nicht auf. Es ist ein scheußlicher Tag im Oktober.

2

Ob die Gnade einer späten Liebe jetzt verloren geht? Er ist schon siebzig, sie laut Geburtsurkunde drei Stunden jünger. Vor vier Jahren erst hatten sie sich kennengelernt. Also in einem Alter, in dem man so leicht nichts mehr findet. Man wird misstrauisch, vorsichtig, ist nicht mehr so offen für Neues, ist vielleicht festgefahren in Gewohnheiten, hat die Leichtigkeit der Jugend verloren, hat vielleicht endlich nach einer langen Ehe den Weg in die Eigenständigkeit gefunden. Man kann sich nicht mehr so einfach an einen neuen Partner gewöhnen.

So ist es gut, dass sie zwei getrennte, aber nahe beieinander liegende Wohnungen haben. Die Schlüssel haben sie ausgetauscht. Meistens hockt er bei ihr. Frauen verstehen sich auf die gemütlichere, wärmere Einrichtung. Besser kochen können sie auch. Darin ist sie ein Genie. Sie zaubert Sachen, dass man den ganzen Tag essen möchte.

An diesem Regentag aber lässt er sich mit dem Taxi nicht zu ihr fahren, sondern eben in seine Wohnung. ‚Felix Degenhardt' steht dort auf dem Klingelschild. Beim Aufschließen der Haustür wirft er einen Blick darauf. Ein bitteres Lächeln verzieht ihm die Mundwinkel. Felix heißt ‚der Glückliche'.

Er öffnet den Kühlschrank, der mit Getränken gut gefüllt ist. Neben etlichen

102

Flaschen Bier stehen da auch noch zwei Flaschen Wodka. Darüber macht er sich her, schläft irgendwann ein. Nach zwei Tagen wird er wach, taumelt in den neuen Tag, erinnert sich, dass er aus dem Krankenhaus geflohen ist. Darüber wird sie erschrocken sein. Vielleicht auch nicht. Warum kommt sie nicht? Sie müsste doch wissen, wo er ist. Warum ruft sie nicht an? Da fällt ihm ein, dass er sein Handy ausgeschaltet hat. Den ganzen Tag zögert er, es wieder einzuschalten und wenigstens die Mobilbox abzuhören. Als er es einen Tag später endlich einschaltet, erfährt er, dass sie nach Marokko geflogen ist. Die SMS stammt noch nicht einmal von ihr selbst, sondern von ihrer spanischen Freundin. Warum fliegt sie weg, genau dann, wenn er ihre Unterstützung und Gegenwart am meisten braucht?

Ein Wirbel von Gefühlen überkommt ihn. Es ist, als falle man in ein tiefes Loch. Alles liegt im Widerstreit. Angst, Liebe, Wut, Enttäuschung, Rache. Dazu das Selbstmitleid, das Bedauern krank zu sein. Sonst hätte er ihr schreiben können: „Flieg du nach Marokko, ich nach Bangkok!" Aber das geht in seinem Zustand nicht. So folgt also zunächst als SMS ein

Trommelfeuer widersprüchlicher Sätze, Aussagen, Absichten. Was spiegelt die erste SMS? Angst oder Liebe? Er schreibt: „Alles, wenn du willst, ist eine Heirat. Ich will."

Ob sie das wirklich will, weiß er nicht. Manchmal hat sie davon gesprochen. Er hat dazu geschwiegen. Ob eine Heirat gut gegangen wäre? Unter einem Dach zusammenleben? Er hatte Zweifel. Sie sicherlich auch. Dazu war alles nicht stabil genug. Neben einer wohltuenden Harmonie hatte es immer wieder Abschnitte eines Zerwürfnisses gegeben. Zurückgezogen hatte dann stets er sich. Aber sie hatte, aus seiner Sicht, den Anlass gegeben. Wusste sie, wie er reagieren würde? Mit Flucht. Dann hatte sie wieder den Freiraum, den sie brauchte. Sie meldete sich nicht bei ihm, wusste, irgendwann käme er wieder. So war es auch. Ohne sie hielt er es nicht lange aus.

Sie antwortet nicht auf die SMS. Ist es ein kaltes Schweigen? Jetzt bricht bei ihm die Rache durch. Er schreibt: „Ich fahre mit Marie an die Nordsee!" Marie gibt es wirklich. Das weiß sie. Aber auch hier kommt keine Reaktion.

Er wirft ihr Lieblosigkeit vor und schreibt etwas später: „Catherine hat sich in den letzten Tagen als warmherzige Freundin erwiesen!" Aber auch darauf antwortet sie nicht. Wahrscheinlich hat sie ihr Handy beim Kamelreiten verloren.

3

Die große, blonde, schlanke Catherine. Er hat mit ihr manchmal Tennis gespielt. Nur das. Aber jetzt? Er ruft sie an, erzählt ihr von seinem Zustand. Sie wird kommen.

„Ich habe nichts mehr zum Essen", sagt er. „Aber bring bitte auch zwei Flaschen Portwein mit. Und zehn Päckchen Tabak. Und Filterhülsen."

Selber einkaufen kann er nicht mehr. Er ist klapprig geworden, der Gang unsicher. Die Hände zittern so, dass er an der Kasse nicht mehr bezahlen könnte. Es ist der siebte Tag nach seiner Flucht. Zum Essen braucht er nichts. Darauf hat er keinen Appetit. „Wie viele Tage kann man eigentlich ohne Essen überleben?" fragt er sich. Er weiß es nicht. Es ist ihm egal. Bier hat auch Kalorien. Aber jetzt ist der

Kühlschrank leer und auch der Kasten auf dem Balkon.

Er sehnt sich nach warmer weiblicher Haut, als wäre es die Erlösung aus der Misere. Ein paar Stunden später kommt sie mit ihrem roten Porsche, bringt Brot, Aufschnitt, Dosen mit Hühnersuppe und ein paar Flaschen Wein mit. Sie stellt alles in der Küche ab, setzt sich dann zu ihm auf das Sofa.

„So, jetzt erzähl mal alles", sagt sie. „Was ist passiert?"

Er antwortet nicht. Stattdessen vergräbt er seinen Kopf in ihrem Haar, spürt, wie sein Herz ruhiger wird. „Es ist schnell unterwegs!" hatte ein Kardiologe bei einer ersten Schalluntersuchung gesagt. Jetzt beruhigt es sich. Lange bleibt sein Kopf auf ihrer Schulter liegen. Mehr passiert nicht. Sie ist verheiratet. Er kennt ihren Mann und kommt mit ihm gut aus. Außerdem würde sie so etwas nie tun. So bleibt sein Kopf nur auf ihrer Schulter liegen, ab und zu vergräbt er sich wieder in ihrem Haar. Dass sie das aushält! wundert er sich. Er hat sich seit sieben Tagen nicht mehr gewaschen, nicht geduscht, nicht die Zähne geputzt, nicht den Pullover gewechselt, nichts gewechselt, sich nicht rasiert, stinkt wahrscheinlich wie ein vergessenes Suppenhuhn. Er ist auf einem Weg wie der Bärenhäuter im Grimmschen Märchen.

Als er sich endlich von Catherine gelöst hat, beugt er sich nach vorne, stemmt die Ellenbogen auf den Couchtisch, stützt den Kopf auf die Hände und murmelt:

„Jetzt weiß ich endlich, was Karma ist. Vor vielen Jahren habe ich ja ähnlich gehandelt. Es schlägt zurück. Was also soll ich ihr vorwerfen?"

Als Catherine gegangen ist, überfällt ihn eine tiefe Traurigkeit. Er fürchtet sich vor der Einsamkeit. Sie kriecht an ihm hoch, nagt, zermürbt, ist tödlich. Wie soll man es alleine aushalten in einer möbliert gemieteten Zweizimmerwohnung? Überhaupt ist alles so anonym in dem ganzen Straßenzug, wo er wohnt. Ist das eine typisch deutsche Eigenart? Wie kann man dem entfliehen?

Im Moment aber kann er gar nichts. Er stürzt noch tiefer. Die Flaschen, die er leert, stapelt er in der Dunkelkammer. Die Dunkelkammer ist eine kleine Gäste-toilette, die er sich zu einem behelfs-mäßigen Fotolabor umgebaut hat. Er fotografiert analog, hat eine alte Kamera von 1850. Sie ist aus Holz mit einem ausziehbaren Balgen, einem glänzenden Messingobjektiv und einer großen Mattscheibe hinten. Dazu ein altes Holzstativ. Wenn er mit der Ausrüstung in der Landschaft unterwegs ist, muss er die Kamera zu Hause vorbereiten, mit Fotopapier ISO 10. Draußen kann er dann nur eine einzelne Aufnahme machen, muss sich dazu ein schwarzes Tuch über den Kopf werfen, damit das Bild auf der Mattscheibe erkennbar ist. Er fotografiert nur einmal. Die Wanderer, die vorbeikommen, knipsen ihn mehrfach. So etwas kennt man im digitalen Zeitalter nicht mehr. Er aber hasst das Digitale. Es macht die Welt anonym. Das Analoge ist ihm lieber. Das Fotopapier mit der Landschaftsaufnahme entwickelt er unter Rotlicht. Es ist schön zu sehen, wie sich mehr und mehr die Konturen zeigen.

Die ganze Nacht lässt er den Fernseher an, um Stimmen und Bilder im Zimmer zu haben. Was da läuft, ist ihm egal. Einmal kommt eine Reportage ‚Die Farben der Wüste'. Er schaltet sofort um.

4

Die weibliche Wärme in der Nacht fehlt. Jetzt weiß er, was für ein Geschenk das war. Er schläft wenig, schreckt oft hoch. Manchmal ist es ein Schlaf, bei dem er Angst hat, dem Tod entgegen zu sinken. Er grübelt über Lena. Die Phasen wechseln zwischen Zorn, Verständnis und einem Gefühl der Verlassenheit. Sie hat doch seinen Wohnungsschlüssel. Warum ist sie nicht gekommen? Kann sie sich nicht denken, wo er ist? Kann sie nicht nachempfinden, wie es in ihm aussieht? Ist es ihr egal? Ist sie vielleicht sogar froh, dass er aus dem Krankenhaus geflohen ist und das Handy abgeschaltet hat? So kann sie sagen: „Er versteckt sich, will gar nicht erreichbar sein. Was soll ich machen? Also kann ich jetzt zuerst nach Spanien und dann nach Marokko." In Spanien, das weiß er, hatte sie eine Affäre. Hatte? Auch die Eifersucht nagt an Degenhardt. Sie ist gerne alleine unterwegs. Da muss man Vertrauen haben. Hat er das noch?

Das Handy hat er nach seiner Flucht abgeschaltet, um dem Druck auszuweichen. Sie hat ihm klargemacht: „Du musst das im Krankenhaus machen lassen, sonst bekomme ich Panik."

Heißt das: „Dann geht mit uns nichts mehr?" Ist es wirklich Panik oder etwas ganz anderes?

Was ist das für eine Liebe, die einen so unter Druck setzt? Andererseits konnte er sich selbst auch fragen:

„Was bin ich für ein Idiot, wenn ich das nicht machen lasse? Sie will ja noch ein paar schöne Jahre mit mir erleben, wie sie gesagt hat."

„Nur die schönen Jahre?" fragt er sich. Andererseits: „Wer will mit so einem Idioten zusammen sein, der die Vernunft ignoriert und auf den Suizid zuläuft? Mit einem Herzfehler ist nicht zu spaßen."

Die schönen Jahre will er auch. Natürlich. Aber darf man wegfliegen, wenn es dem anderen nicht gutgeht? Sicher darf man das. Aber wird dann die Liebe nicht fragwürdig, brüchig? Der Spruch: „Ich will mit dir alt werden." entlarvt sich als Phrase. „Dann nämlich", so sagt er sich, „bleibt sie nur so lange bei dir, so lange es dir gut geht."

Verstehen kann er das. Sie hat ja eine Vergangenheit und Ähnliches schon einmal erlebt. Noch einmal? Nein.

Er stellt sich den Fall umgekehrt vor. Sie flieht aus dem Krankenhaus. Würde er dann wegfliegen? Niemals. Kein Land der Welt hätte ihn von ihr weggelockt. Er würde warten, sie suchen. Er würde verstehen, wie es in ihr aussieht. Er hätte in ihrer Wohnung nachgeschaut. Wo soll sie in einem solchen Zustand schon sein! Würde die Liebe sich nicht so verhalten?

Die Schulmedizin muss nicht unbedingt recht haben. Gerade bei Angelegenheiten des Herzens. Er ist zwar ein Idiot, aber nicht so ganz. Er kennt das von der Pharmaindustrie geleugnete Strophantin. Das g-Strophantin, nicht das mit dem k davor. Ein afrikanisches Heilkraut mit zartrosa Blüten. Es war lange sogar führend in der deutschen Herzmedizin, bis die Pharmaindustrie es weggekegelt hat. Operationen und teure künstliche Medikamente bringen mehr Geld. Ein Krankenhaus ist auch ein Industriebetrieb. Ohne Profit geht nichts. Die langen Flure mit den Zimmern könnte man mit einem Kaninchenstall vergleichen. Auch mit diesen Überlegungen ist Degenhardt geflohen. Es war nicht nur Panik. Aber klammert er sich mit dem Strophantin nicht an einen Strohhalm?

Denn was macht man bei einem Klappenfehler? Ist das nicht etwas Mechanisches, das sich nicht mit einem Heilkraut beheben lässt? Kann man ein kaputtes Auto durch Beten reparieren?

Felix Degenhardt hat viele Fragen und Probleme am Hals. Lena, die Liebe, die Operation am Herzen, die Einsamkeit, die Angst, die Schlaflosigkeit und die Trunksucht. Er ist zittrig und wackelig geworden. Auto fahren kann er nicht mehr. Aber telefonieren. Täglich bestellt er sich eine Pizza und drei Flaschen Rotwein. Die Pizza legt er in seine große Kühltruhe. Die Rotweinflaschen bleiben auf der Küchentheke. Ist ihm mehr nach Bier zumute, ruft er beim Chinesen an. Der bringt ihm dann zwei Sixpacks Tsingtao-Bier. Das Huhn mit Curry braucht Degenhardt nicht. Er hat keinen Appetit. Den hatte er nur bei Lena.

5

So vergehen die Tage. Draußen regnet es. Meist ist es grau. Nur selten scheint die Sonne. Mehr als zwei Wochen sind vergangen seit seiner Flucht. Zwei Wochen nur im Zimmer hocken. Wer hält das aus? Ab und zu kommt Catherine, bringt Nachschub.

„Mein Gott, bist du abgemagert!" sagt sie. „Du siehst müde aus."

Das Glas mit dem Wein kann er nicht mehr mit nur einer Hand an den Mund führen. Er muss beide Hände nehmen, um nichts zu verschütten.

Sie will mit ihm zu einem Weinfest fahren. „Ich bin nicht ausgehfähig", sagt er.

Menschen machen ihn nervös. Er wird scheu. Ist das ein Effekt der Einsamkeit, der Isolation? Paradox.

Ein ganzes Kaleidoskop ist in seinem Kopf. Bitte keine Ablenkung! Da sind nämlich noch ganz andere Fragen, die ihn bedrängen. Tod, Religion, Sinn des Lebens. Er braucht kein Weinfest und das übliche Geschwätz. Von den drei großen Religionen Buddhismus, Christentum, Islam scheidet die letztgenannte für ihn aus. Er kennt den Koran und darin gibt es Passagen, die er ablehnt. Bleiben zwei Religionen. Christentum und Buddhismus. Ist der Buddhismus nur eine Philosophie und das Christentum eine Märchenwelt? Wie soll er das klären? Er weiß es nicht.

Man müsste ein tibetisches Bewusstsein haben. Wo und wie soll er das in dieser westlichen Welt bekommen? Wie es finden in einer blödsinnigen Umgebung, der er selber angehört und deren schlimmstes Mitglied er ist? Er weiß es nicht. Und vor allem: Wo ist Gott? Gibt es ihn? Wie soll man das wissen? Aber ohne ihn geht es nicht. Was ist Glaube? Das ist kein Hemd, das man sich anziehen kann. Sich den rational zu erwerben geht auch nicht. Es geht nur über Emotionen. Über welche? Diese Hilflosigkeit!

Er hält die Isolation kaum noch aus. Wenn er doch wenigstens noch Kontakt zu anderen weiblichen Stimmen hätte! Telefonisch. Und dann sehen, was daraus wird.

Im Internet meldet er sich beim DatingCafe an. Schreiben und Telefonieren kann er trotz der Trunkenheit. Darin ist er so gut wie Lena beim Kochen. Er benutzt das Pseudonym ‚Aladin49'.

Ein aktuelles Foto kann er nicht hochladen. Das wäre abschreckend. Er nimmt eins von vor fünf Jahren. Da war er gut gelaunt auf dem Jakobsweg. Braungebrannt, lächelnd, die Sonnenbrille auf die Stirn gezogen. Bei den Daten bleibt er korrekt. Geburtsdatum 12.2.1949, Wassermann also, Größe 1,85. Gewicht 82. Jetzt ist es gewiss weniger. Aber das kann er ja wieder zulegen. Die Haare sind graumeliert. Zumindest an den Seiten. Oben hat er keine mehr. Die Augen blau. Auch den Beruf gibt er an. Den ehemaligen. Buchhändler. Da hatte er noch den kleinen Laden in Bonn-Beuel. Zu seinem Einkommen muss er nichts sagen. Schmale Rente eben. Wie bei vielen in dieser Altersgruppe. Im Profiltext bleibt er knapp.

„Ich suche eine warmherzige Freundin, Partnerin, Frau. Das auch im sogenannten Herbst des Lebens. Kommunikation zunächst telefonisch. Danach weiter kennenlernen. Entfernungen sind für mich unwichtig."

„Entfernungen sind für mich unwichtig." Das ist überheblich. Entfernungen kosten Zeit und Geld. Die Damen könnten auf die Idee kommen, sie hätten es mit einem reichen Mann zu tun. Das mit den Entfernungen stimmt nur, wenn es so richtig knallt und der Blitz einschlägt. Aber in seinem Alter? Da begegnet man sich doch eher im Breisiger Kurpark mit dem Rollator. Wer fährt oder fliegt schon für ein erstes vages Rendezvous viele Kilometer? Die meisten Internetbekanntschaften gehen schief und man kehrt enttäuscht nach Hause zurück. Aber er will ja nur telefonieren, eine weibliche Stimme am Hörer haben. Sehen lassen kann er sich in seinem Zustand sowieso nicht. Und ob er jemals wieder die Kurve bekommt, ist fraglich. Was soll die Dame davon halten, wenn er beim ersten Kaffeetrinken den Zucker neben die Tasse schüttet und sich mit roten Augen entschuldigt? Wer tut sich so etwas als Partner an? Aber jetzt, jetzt will er ja nur telefonieren und Mails schreiben.

Den ersten Kontakt nimmt er auf mit Irina Ermatova. Sie kommt aus Moskau und ist seit 30 Jahren Wahlberlinerin. Rundfunkjournalistin. In ihrem Profil gefällt ihm der Satz: „Warmherzige Frau sucht niveauvollen Mann. Ich schätze sehr die Wärme der Beziehung in Zeiten der großen Nicht-Liebe."

„In Zeiten der großen Nicht-Liebe." Was für eine Wendung! Felix Degenhardt stimmt dem sofort zu. Genauso fühlt er sich auch. Wie ein Vögelchen im Nest, das von seinen Eltern verlassen wurde und das noch nicht fliegen kann. Gleich kommt die Katz!

Er schickt einen Sympathieklick, schreibt eine kurze Mail. „Erscheinung und Text gefallen mir!"

Auf dem Foto lächelt sie warmherzig. Das ist genau das, was ihm guttut. Sie ist 65 Jahre alt. Aber auf das Alter kommt es sowieso nicht an. Er will ja nur die Stimme hören. An den Vorschlag eines Treffens, falls sie überhaupt antwortet, wird sie nicht denken. Berlin ist zu weit weg.

6

Seine Stimmung geht weiter den Bach hinunter, falls sie überhaupt noch tiefer gehen kann. Die Wut auf Lena ist der Traurigkeit gewichen. Nur die Vorstellung, dass sie in der Sonne über marokkanische Märkte geht, während er mit einem Klappenfehler in seiner Wohnung hockt und aus dem Fenster in einen grauen Himmel blickt, weckt in ihm noch einen leisen Zorn, eine Missgunst, wie er sich eingestehen muss. Es heißt zwar, wer sich liebt, wünscht dem anderen nur Gutes. Aber in dieser Situation? Da wird man schnell gemein. In den ersten Tagen hat er ihr noch gewünscht, sie möge vom Kamel fallen.

Die Traurigkeit aber überwiegt. Wie kann man nur so blöd sein, all das Schöne und Gemeinsame, das man erlebt hat, in den Wind zu schießen!? Was soll danach noch kommen? Kaffeetrinken im Seniorenheim. Residenz Rosenblüte.

Und dann ziehen all die Bilder der gemeinsamen Erlebnisse vorbei und machen den Verlust noch spürbarer. Die Fahrten durch Frankreich. Die Auvergne. Die Stationen Aubrac und Lavoûte-Chilhac. Die Fahrt über die Pyrenäen. Einmal über Saint-Jean-Pied-de-Port und Roncesvalles auf den Spuren des Jakobsweges. Ein anderes Mal über den Somportpass. Die lange Fahrt durch Spanien. Endlich sah man bei Granada die schneebedeckten Gipfel der Sierra Nevada und dann ging es der Küste entgegen zur Costa del Sol. Und viele, viele Bilder mehr. Er hatte sich neben ihr und mit ihr immer wohlgefühlt.

„Es hat keinen Sinn, sich mit diesen Bildern zu quälen", sagt er sich. „Sie ziehen mich noch mehr runter. Paradise lost! Aber woran, verdammt noch mal, liegt es, dass diese Beziehung ab und zu ihre On-Off-Punkte hat? Brauchen wir Abwechslung, damit es wieder interessant wird? Benutze ich den Konflikt, um einen Anlass zum Saufen zu haben? Nachher weiß man gar nicht mehr, worum es ging."

Er geht zum Kühlschrank, holt sich an diesem Abend die zehnte Flasche Bier, geht wieder ins Wohnzimmer, öffnet die Flasche mit dem Feuerzeug. Der Kronkorken fliegt auf den Teppich, bleibt dort liegen. Warum muss er nur immerzu an sie denken? „Drop the thought!" sagt der Dalai Lama. Lass den Gedanken einfach fallen! Aber wie macht man das? Ihm gelingt das nicht. Wahrscheinlich muss man dazu erst drei Jahre in einem tibetischen Kloster meditiert haben. „Dann sag' ich eben ‚Open the bottle!'"

Ab und zu legt er die Hand auf seine linke Brust, fühlt, wie sein Herz schlägt. Der Schlag ist ruhig und gleichmäßig. Aber was heißt das schon? Sie haben ihn verunsichert. Infarktgefahr. Das macht ihn, wenn er daran denkt, nervös. Vielleicht hatte er den Klappenfehler schon von Geburt an. Wäre er doch bloß nicht zum Arzt gegangen. Dann wäre er jetzt auch in Marokko oder Spanien. Mit ihr. Wahrscheinlich liegt sie jetzt vor einem Beduinenzelt und schaut sich in der Wüste den Sternenhimmel an. Schön muss der sein. Ganz anders als hier. Er geht auf den Balkon, auf diese fünf Quadratmeter Freiheit nach draußen, sieht nach oben. Nichts. Wenigstens regnet es nicht mehr. Ausnahmsweise.

Wem ist er heute begegnet? Niemandem. Mit wem hat er gesprochen, wenigstens telefonisch? Mit keinem. Auch Catherine ist an diesem Tag nicht gekommen.

Er tritt an das Geländer, schaut auf die Straße. Alles still. So mag die Welt nach einem Atomschlag aussehen. Nur auf dem Balkon des Hauses nebenan rührt sich etwas. Wie immer. Es ist die Nachbarin, die alle halbe Stunde Textilien ausschlägt. Nachts sieht er manchmal, wie sie sich Gummihandschuhe überstreift und die Mülleimer kontrolliert. Verrückt.

„Vielleicht bin ich es in vier Wochen auch", denkt Degenhardt. „Habe auch einen Tick. Aber dann sollte es wenigstens ein nützlicher sein. Ich werfe vom Balkon aus alle Flaschen über die Straße weg in den verwilderten Hang. Flaschenpost.

Dann wird meine Dunkelkammer etwas leerer."

Die Stille draußen ist gespenstisch. Nur ab und zu heult ein Hund.

7

Er weiß um die Gefahr. Einsamkeit ist tödlich. Das ist soziologisch bewiesen. Tödlich ist die Einsamkeit inmitten der sogenannten Zivilisation. Die andere Einsamkeit aber nicht. Die auf einer Almhütte oder die im Wald. Da wird man mit der Zeit ganz ruhig. Aber es ist verboten, sich im Wald eine Hütte zu bauen.

Warum ist Deutschland so ein komisches Land? Irgendwie sediert. Sicher, es gibt auch Inseln der Geselligkeit. Campingplätze, Areale, wo sich Leute ein Tiny-House hinstellen, um der Totenstille ringsum zu entgehen. Vielleicht funktionieren kleine Dorfgemeinschaften noch, wo jeder jeden kennt. Und Heimat ist da, wo man bei einem Gang über den Friedhof weiß, wer da liegt.

Er wischt die Erinnerung an seine Zeit in Thailand weg, als er für ein paar Monate mal am River Kwai wohnte. Da zogen Tanzboote an der Hütte vorbei, mit Lampions geschmückt. Musik und Lachen drangen zu ihm herüber. Und dann war die Nacht warm und geheimnisvoll. Ab und zu hörte man den Ruf des Geckos. Und in der Hängematte, die über die Terrasse der Hütte gespannt war, schlief eine Frau.

Was er jetzt draußen sieht, ist langweilig, banal, tot.

Mitten in der Nacht fährt er den Computer hoch. DatingCafe. Vielleicht hat schon jemand geschrieben. Aber da ist bei den Nachrichten nur Schrott gelandet. „Karla, 21, verwöhnt den älteren Herrn!" Das Internet ist ein Haifischbecken.

Die ganze Nacht ist er wach. Mit den Kronkorken auf dem Teppich könnte man Dame spielen. Und dann um vier Uhr kommt doch noch eine Nachricht. Irina Ermatova.

„Hallo, Felix! Wir sind so weit von einander entfernt, da bleibt uns nichts anderes übrig, als zuerst zu telefonieren. Hier ist meine Telefonnummer: 030/2863... Einen schönen Gruß, Irina."

Sie kann also auch nicht schlafen. Eine erste Gemeinsamkeit. Aber anrufen geht jetzt nicht. Das wird er auf den nächsten Abend verschieben. Die Mail ist ein kleiner Trost in einer öden Nacht, denn von Lena hört er nichts. Kein Wunder, wenn er sie mit seinen SMS verprellt. Er bereut die in der Wut und Enttäuschung verschickten Nachrichten, er sei mit Marie an die Nordsee gefahren und Catherine habe sich als warmherzige Freundin erwiesen. Man sollte sich mit so einem dummen Zeug zurückhalten. Der Wahrheit entspräche: Mit Marie, das ist schon länger her, und Catherine versorgt mich nur mit Essen und Getränken. Er hätte einfach schweigen sollen. Oder aber schreiben: „Ich hoffe, es geht dir gut." Aber bei ihm brodelt im ersten Wirbel der Gefühle etwas Infantiles, wie bei einem Kind, das sich an seiner Mutter rächen will.

Die Tage zählt er nicht mehr, achtet auch nicht auf das Datum. Die Zeit ebnet sich ein. Vielleicht kann man sich an das Gleichmaß der Langeweile gewöhnen, wird mit der Monotonie vertraut, stumpft ab. Aber so abgestumpft ist er noch nicht, denn er kann nicht vergessen, was ihm fehlt.

8

Eine seltsame Beobachtung macht Degenhardt. Eigentlich ist sie nicht seltsam. Normale Menschen wissen das. In der Zeit mit Lena hat er gelesen, Schach gespielt und vieles mehr. Jetzt macht er nichts mehr. Er liest nicht. Das Schachbrett setzt Staub an. Er ist apathisch geworden, sitzt oder liegt auf dem Sofa, zappt sich durch die Fernsehkanäle. Was er alles gesehen hat, weiß er am nächsten Tag nicht mehr zu sagen. Er erinnert sich nicht. So sinnlos war es. Die ganzen Filme, Comedys, Reportagen. Substanzloser Zeitvertreib. Mehr nicht. Er hat nicht in die Ferne gesehen. Es ist eher, als hätte man ihm etwas aufs Auge gedrückt. Woran liegt diese Lustlosigkeit? fragt er sich. Woher kommt diese Apathie? Es kann nur so sein, dass Lena ihm die Atmosphäre und Umgebung geschaffen hat, in der er sich wohlfühlte und all den Dingen nachging, auf die er Lust hatte. Ohne sie ist er wie ein Fisch, den man aus dem Wasser gezogen hat.

Er hatte das als zu selbstverständlich genommen. Man denkt beim Atmen ja auch nicht über die Luft nach. Wie wichtig sie ist, merkt man erst, wenn sie fehlt. Mit der Selbstverständlichkeit sollte man also behutsam umgehen. Das heißt, überlegte er, dass ich mir jeden Tag sage: „Wie gut, dass sie da ist. Und natürlich bedeutet das nicht, dass sie jeden Tag bei mir sein muss oder ich bei ihr. Dann würde es zum Zwang. Diese eigentlich simplen Dinge, lieber Felix, musst du dir klarer ins Bewusstsein rücken. Du kannst sie ja nicht dazu verpflichten, an deiner öden Krankenhausgeschichte teilzunehmen. Recht hat sie! Wenn du abhaust und das Handy ausschaltest. Sieh doch einmal alles aus ihrer Perspektive!

Das Reden nicht verweigern. Streiten können, ohne dass irgendwann die Möbel aus dem Fenster fliegen. Zuhören. Nicht beleidigt sein und flüchten. Du, lieber Felix, neigst zur Überreaktion. Und die führt zur Katastrophe. Du kannst nicht mehr mit ihr reden. Sie ist weg. Zu Recht. Sie ist in Marokko. Du aber hockst hier und führst die Existenz eines Idioten. Das ist die Konsequenz deines kindischen Handelns. Die Strafe.

Wenn wieder so etwas passiert, du dich beleidigt oder provoziert fühlst und das Gespräch einen nicht weiterbringt, dann geh eine Stunde spazieren. Überlege dabei, wie schön es doch ist, dass es sie gibt und wie öde das Leben ohne sie wäre. Du wirst sehen, der Sturm deiner Entrüstung legt sich, der Wind dreht sich und bringt dich sicher in den Hafen zurück. Jetzt aber, du Kindskopf, hat der Sturm dich auf das Meer hinausgetrieben. Du treibst in einem Boot, dem jede Ausrüstung fehlt. Das Segel, das Ruder, der Kompass. Du hast dich den Wellen hingegeben, einer unbekannten Strömung. Dass sie dich irgendwo an Land spült, ist ungewiss."

9

Die Stille in der Wohnung ist unerträglich. Deshalb läuft Tag und Nacht der Fernseher. Degenhardt hätte sich bei amazon auch Alexa kaufen können. Dann hätte er jemanden zum Reden. Die antwortet ruhig und freundlich. Die antwortet immer. Vielleicht fragt sie auch, wenn man sie einschaltet: „Wie geht es dir heute?"

Sagst du „gut", antwortet sie: „Das freut mich." Sagst du „geht so", wirst du hören: „Ich habe feine Rezepte. Such dir was aus.

Italienisch, griechisch, asiatisch. Was möchtest du?" Sagst du „es geht mir heute schlecht", bekommst du den wunderbaren Rat: „Der nächste Arzt in deiner Nähe befindet sich in der Koblenzer Straße."

Man kann also mit Alexa reden. Sie weiß viel. Sie ist auch sehr anspruchslos. Du kannst sie überall hinstellen. Sie ist auch mit einem Platz auf der Fensterbank zufrieden. Sie ist die perfekte Partnerin. Pflegeleicht. Sie schweigt, wenn du willst. Sie redet, wenn du willst. Sie meckert nicht, zickt nicht, macht keine Vorwürfe. Du kannst sie sogar, wann immer du willst, mit ins Bett nehmen. Vielleicht haben zukünftige Modelle einen Temperaturregler, so dass es unter der Decke heiß wird. Dann brauchst du keine Wärmflasche.

Dein Leben wird viel leichter, angenehmer als mit einer richtigen Frau. Alexa geht dir auch nicht laufen. Eine wunderbare Ruhe überkommt dich. Du kannst ihrer sicher sein. Du musst ihr auch nichts kaufen, keine Blumen schenken. Sie fragt dich auch nicht: „Wo warst du? Warum kommst du erst jetzt?" Du hast keinen Streit mehr, keine Auseinandersetzung. Du kannst sie, wenn dir danach ist, zu Spaziergängen mitnehmen. Mit ein wenig Platz neben dir auf der Parkbank ist sie zufrieden. Du kannst mit ihr, wann immer du möchtest, in die Kneipe gehen. Sie wird dich nicht ermahnen: „Hör auf, es ist genug!" Fragst du sie nach dem zehnten Bier: „Alexa, was soll ich jetzt trinken?" unterbreitet sie dir eine große Auswahl an Möglichkeiten. Sogar Milch ist dabei. Aber die willst du natürlich nicht. Macht sie ihr Angebot an Getränken, sagst du bei Whisky: „Stopp, das ist es!" Und jetzt entfaltet Alexa ihr ganzes Wissen. Irisch, schottisch, amerikanisch usw. Hast du eine Sorte ausgewählt, kannst du zu dem Getränk eine kundige Gesprächspartnerin haben. Fragst du zum Beispiel: „Wer außer mir hat noch Whisky getrunken?", so antwortet sie: „Ernest Hemingway." Sie bleibt dabei nicht einsilbig, sondern erzählt dir, ohne dass du sie dazu auffordern musst, wann er geboren wurde, wo er gelebt hat, wie lange er gelebt hat und sie kann dir alle seine Werke nennen. Dass er sich erschossen hat, erzählt sie mit angemessen ruhiger Stimme. Du musst beim Trinken also nicht still an der Theke hocken und vor dich hinstarren. Du hast eine angenehme Plauderin neben dir und kein Weib, das dich vom Hocker zieht und nach Hause zerrt. So etwas macht Alexa nicht. Wann immer du aufhören willst, hörst du auf. Hast du in deiner Trunkenheit den Weg nach Hause vergessen, kannst du sie fragen: „Alexa, wo wohne ich?" Sie weiß, wo du wohnst. Sie kann dir sogar die GPS-Koordinaten nennen. Du siehst also: Alexa hat große Vorteile und macht dir das Leben angenehm.

10

Seit zwei Tagen ist Degenhardt beim DatingCafe angemeldet. Jetzt liegt er nicht mehr nur auf dem Sofa und zappt sich durch die Fernsehkanäle. Jetzt sitzt er vor dem Computer, beantwortet Mails, studiert Profile. Zehn Frauen haben ihm geschrieben. „Hallo, Aladin, dein Foto gefällt mir. Wenn du möchtest, können wir miteinander telefonieren. Hier ist meine Telefonnummer." So oder so ähnlich lauten die Nachrichten. Wie weit weg die Frauen wohnen, kann man bei ihrem Profil erkennen. Da ist die Entfernung von Bad Breisig angegeben. Die meisten wohnen in einer Entfernung von über hundert Kilometern. Nur eine ist dicht bei ihm in Bad Bodendorf. Miriam heißt sie.

Degenhardt klickt sich in ihr Profil. 64 Jahre, eine hübsche, schlanke, flotte Blondine.

Alle zehn wird er nicht anrufen. Nur Miriam. Und auch Irina. Aber als höflicher Mensch bedankt er sich im DatingCafe per Mail bei allen für die Zuschrift. Was die Auswahl betrifft: Er hat schon einen Blick dafür bekommen, wo es ein entspanntes Gespräch geben könnte und wo nicht. Das sieht er nicht nur auf dem Foto, sondern auch beim Profiltext. Findet sich da „mein Partner muss mit beiden Beinen im Leben stehen und eine starke Frau ertragen", kann man es vergessen. Es ist zu anstrengend. Er steht nicht mit beiden Beinen im Leben. Er hängt in der Luft beziehungsweise an der Flasche. Und er will sich auch nicht auf Städtereisen jagen lassen, jeden Abend Konzerte besuchen oder ein Theater. An einer gemeinsamen Kreuzfahrt ist er auch nicht interessiert. Ebenso wenig an einer Kraxelei auf hohe

Berge. Was wegen seines Herzens sowieso nicht mehr geht.

Er will nur telefonieren. Irina ist weit entfernt. Für ein Rendezvous wird er nicht nach Berlin fliegen. Aber Miriam wohnt sozusagen um die Ecke. Könnte das gefährlich werden? Er will Lena nicht betrügen. Aber die ist ja weg. Ob er sie jemals wiedersieht, weiß er nicht. Was ist schon dabei, die paar Kilometer nach Bad Bodendorf zu fahren und eine Tasse Kaffee zu trinken? Falls es jemals dazu kommen sollte.

Beim Profil ist auch das Sternzeichen angegeben und ob jemand raucht oder nicht. Miriam ist ein rauchender Zwilling. Da erspart man sich schon mal eine Menge an Stress. Und Zwilling und Wassermann, das passt auch.

Aber wie soll das gehen? Sie hat von ihm ein Foto von vor fünf Jahren. Jetzt würde sie sich erschrecken, wenn sie ihn sieht. Degenhardt wischt die Gedanken weg. Er will ja nur telefonieren. Schlägt sie ein Treffen vor, kann er es mit irgendwelchen Ausreden verschieben oder absagen. Bis Miriam wirklich zu einer Gefahr und Versuchung wird, das ist ein weiter Weg. Außerdem wird sie nicht nur ihn angeschrieben haben, sondern auch noch attraktivere Konkurrenten. Aber ob die alle so nah wohnen? Zu der Tasse Kaffee könnte es kommen. Und der Altersunterschied? Sechs Jahre. Scheint ihr nichts auszumachen, dass bei ihm schon die Sieben als erste Ziffer steht.

Endlich bekommt er wieder ein wenig Appetit. Er ruft beim Breisiger Chinesen an und bestellt sich Hühnerfleisch mit Curry, scharf, und ein Sixpack Tsingtao-Bier.

11

Vom analytischen Verstand her kann er Lena nichts vorwerfen. Aber vom Gefühl her steigt immer wieder diese Bitterkeit auf, dass er allein gelassen wurde. Er kommt dagegen nicht an. „Wie kann sie nur so einen Fehler machen?" denkt er manchmal. Er versteht es nicht.

Gegen Mittag ist er runter zum Briefkasten gegangen. Arztrechnungen. Als er die Treppe hoch geht, bemerkt er: So leicht wie früher geht es nicht mehr. Das Herz schlägt schneller, der Atem beschleunigt sich. Also stimmt tatsächlich etwas nicht. Er hat es ja auch bei der Dopplersonografie, die der Kardiologe gemacht hat, auf dem Bildschirm gesehen. Die Mitralklappe. Sie schließt nicht richtig. Da kommt man nicht um eine Operation herum. Er müsste eigentlich aufhören mit dem Saufen und mit dem Rauchen. Degenhardt ist auf einem mörderischen Trip. Wie kommt man davon los? Er weiß es nicht. Hätte ihm Lena dabei helfen können? Aber muss man nicht eher alleine damit fertig werden? Wenn er nachts wenigstens den Trost an ihrer Haut gehabt hätte! Er fürchtet sich vor dem Schlaf, schiebt ihn auf. Nur ab und zu gelingen Phasen, aus denen er bald wieder hochschreckt, als laufe er Gefahr, abzutauchen in Tiefen, aus denen man nicht mehr erwachen kann. Wohin führt das alles? Bringen die Ablenkungsversuche mit dem DatingCafe etwas?

Plötzlich wird er auch hier mutlos. Er kann nicht den Sunnyboy am Telefon spielen. Er ist jetzt alles andere als ein ‚sunshine mooded guy‘. Er lässt es. Er wird nicht anrufen. Er müsste den Frauen etwas vorspielen, was er nicht ist. Was wirklich ist, kann er nicht sagen. Das wollen sie nicht hören. Danach sind sie nicht auf der Suche. Die Idee, weibliche Stimmen vernehmen zu wollen, war Unsinn. Sie erleichtert seine Lage nicht. Eher im Gegenteil.

Er sieht sich in seiner Wohnung um. Wenn er so weitermacht, geht es in den Zustand der Verwahrlosung. Die Kronkorken liegen immer noch auf dem Teppich. Die Aschenbecher quillen von Kippen über. In der Küche stehen Teller und Töpfe ungespült herum. In der Dunkelkammer stapeln sich die Flaschen. Im Schlafzimmer ein Durcheinander an abgelegten Hosen, Hemden, Pullovern. In das Bett hat er sich immer in voller Kleidung gelegt, manchmal sogar mit Schuhen. Wozu sich auch ausziehen, wenn man alleine ist?

Wenigstens irgendwo anfangen. Er sammelt die Kronkorken auf. Das ist noch das einfachste.

Dann geht er in die Küche, fängt an zu spülen. Er leert die Aschenbecher, bringt den ganzen Abfall nach unten in die Mülltonne. Aber wie soll er es schaffen, die Dunkelkammer zu leeren? Kann er überhaupt noch fahren?

Er holt seinen Wagen aus der Garage. In großen Taschen schleppt er die Flaschen nach unten, verstaut sie im Kofferraum und auf dem Rücksitz. Alles passt nicht hinein. Er wird zweimal fahren müssen. Es sind nur 500 Meter. Die Glascontainer stehen am Rand des Friedhofs. Die Flaschen müssen weg. So will er sich nicht von der Welt verabschieden, falls man ihn nach irgendeiner Zeit in der Wohnung findet. Die Aktion erschöpft ihn, dass er etwas Zeit braucht, um wieder zu Kräften zu kommen. Liegt das am Saufen oder an der Mitralklappe?

Bewegen muss er sich. Gehen, gehen, gehen. Die Muskeln sind ja schon verkümmert, als hätte er ein halbes Jahr im Bett gelegen. Gehen, aber wohin?

12

Die Marienkirche fällt ihm ein. Unten im Ort. Kirchen hat er immer gerne besucht. Vor allem romanische. Mit ihren harmonischen Rundbögen gefallen sie ihm. In die Kirche geht er nur, wenn sie leer ist und still. Das ist eine andere Welt als der Lärm da draußen. Da beruhigt sich die Seele.

Es ist später Nachmittag. Regen. Wieder Regen. Er nimmt seinen Schirm, geht die Treppe hinab, tritt aus dem Haus, geht nach rechts die Straße entlang, an den Autos vorbei, an den Häusern, geht auf einem abschüssigen Weg nach unten, wo die Kirche ist.

Das Portal ist noch auf. Er tritt ein, weiß auch, wohin er gehen will. Er liebt Marienfiguren. Vor allem die ‚schönen Madonnen‘. Sie stammen aus dem hohen Mittelalter, sind voller Anmut, Wärme, Mütterlichkeit, Zuwendung, Liebe. Genau das, denkt er, ist der große Fehlbetrag unserer Zeit. Der veruntreute Himmel.

Das Kind auf ihren Armen scherzt, spielt, greift nach Trauben oder einem Apfel. Wahrscheinlich ist er selbst so ein Kind und hat noch nicht begriffen, dass er diesem Alter schon entwachsen sein sollte.

Lange bleibt er vor der Marienfigur stehen, sieht sie an. Dann lächelt er und sagt: „Okay, Mary!"

Auf dem Weg zum Ausgang kommt er an der Pietà vorbei, an der schmerzensreichen Darstellung. Da liegt der Gekreuzigte auf ihren Knien. Auch hier bleibt er stehen. Das ist der Bogen des Lebens. Vom scherzenden Knaben zum

136

Tod. Langsam geht er den Weg zurück zu seiner Wohnung. Bergauf muss er alle paar Meter eine Pause machen. Der Pfad ist steil. Aber schließlich hat er es geschafft und kommt in seiner Wohnung an. Eine Weile bleibt er vor dem Kühlschrank stehen. Er öffnet ihn nicht.

13

Keinen Alkohol mehr! Jetzt kommt es auf ein klares Bewusstsein an. Er geht in der Wohnung umher, räumt hier und da noch etwas auf. Der Wahnsinn ist vorbei.

Seltsam auch, wie das Zittern weniger und der Gang sicherer geworden ist. So geht er in der Abenddämmerung durch den Wald bis Rheineck und wieder zurück.

Den Fernseher lässt er am Abend aus. Was hat er mit dieser virtuellen Welt zu schaffen? Nichts! Sagt die Moderatorin: „Guten Abend! Ich begrüße Sie zur Tagesschau." kann er ihr nicht antworten.

Bis zum Anbruch der Nacht sitzt er auf dem Balkon. Der Regen hat sich verzogen. Hier und da reißt der Himmel auf. Einzelne Sterne blinken zwischen den

Wolken. Es ist mild an diesem Tag im Oktober.

Und endlich wieder Schlaf, der nur einmal unterbrochen wird. Da steht er auf, tritt noch einmal auf den Balkon und blickt nach oben, wo im Nordwesten der Große Wagen mit seinen sieben Sternen steht. In der fünffachen Verlängerung der hinteren Achse erkennt er den Polarstern.

Nach Neuss fährt er nicht zurück. Er hat sich etwas Persönlicheres ausgesucht. Etwas Intimeres. Etwas, das an Thomas Manns ‚Zauberberg' erinnert. Eine kardiologische Villa bei Bad Neuenahr. Hier wird man alles abklären. So kann er auch der tödlichen Einsamkeit entfliehen. Hier wird er Gespräche und Kontakte haben. Und eine bestätigte oder widerlegte Diagnose. Ist die Klappe wirklich defekt oder war es nur eine nervöse Störung? Eine Klappe könnte ja auch mal verrückt spielen. So ein Herz ist kompliziert.

14

Ein paar Tage später ist er in der kleinen Klinik, die eher an ein gemütliches Hotel erinnert. Wellness auf allen Ebenen. Er hat ein Einzelzimmer mit Balkon. Zu den Mahlzeiten trifft man sich im Restaurant der Villa. Die Gespräche mit den Schwestern tun ihm gut. Sie haben Zeit und sind freundlich. Von Stunde zu Stunde geht es ihm besser.

Schön sind die Treffen mit Nachtschwester Monica. Gemeinsam gehen sie nachts nach draußen, um vor der Kliniktür eine Zigarette zu rauchen. Dazu hat sie ihm einen Trick gezeigt. Ab 23 Uhr kommt man nur zur Tür raus, aber nicht wieder hinein. Um die Tür offen zu halten, klebt sie ein Pflaster auf das Auge der Lichtschranke. Die Pflaster liegen im Foyer auf einem Tisch neben der Heizung.

Die Gespräche mit ihr empfindet er als warmherzig, wohltuend, angenehm. Manchmal kommt sie auch nachts in sein Zimmer. Er trägt ein Gerät, das seine Herzfrequenzen auf einen Monitor überträgt, den sie im Schwesternzimmer beobachtet. Löst sich an seinem Körper eine Elektrode, dann kommt sie, befestigt sie neu. Er mag es, wenn ihre Hände seine Brust berühren.

Die Diagnose verändert sich etwas. Jetzt ist es nach der Dopplersonografie nicht mehr NYHA III, nicht mehr die vorletzte

Stufe, sondern nur noch I-II. Aber undicht ist die Klappe immer noch und wird es wahrscheinlich auch bleiben, wenn er nichts unternimmt.

Er ist für weibliche Zuwendung sehr empfänglich geworden. Er sehnt sich danach. Man kommt in der Villa leicht ins Gespräch. Kummer verbindet.

Sonja ist neu. Sie sucht das Schwesternzimmer. Er zeigt es ihr. Später gehen sie eine ganze Stunde durch den Park. Sie ist ein paar Jahre jünger als er. Seit ihr Mann gestorben ist, hat sie nächtliches Herzrasen. Selten war Felix Degenhardt so gesprächig. ‚Gesprächig' stimmt so nicht. Meistens hört er zu. Aber das ist eben auch ein Teil des Gesprächs.

Ungewöhnlich an Sonja ist, dass sie immer eine schwarze Baseballkappe auf ihrem Haar sitzen hat. Hinten wippt ein lustiger, blonder mit einem Haargummi umwickelter Ponytail, aus dem sie manchmal einzelne Strähnen herauszieht. Die Kappe trägt sie auch im Restaurant bei den Mahlzeiten. Ungewöhnlich auch der lange Rock. Mit seinen Ornamenten erinnert er an Vintage-Eleganz. „Sweet!" denkt er. Die anderen Frauen laufen in Hosen oder Trainingsanzügen herum.

Nachts kommt sie zu ihm. Dann rauchen sie, was verboten ist, eine Zigarette auf seinem Balkon. Auf ihrem geht das nicht. Er kann eingesehen werden. Seiner liegt als einziger südlich, über dem Eingang der Villa.

Sonjas Wesen hat etwa Feenhaftes, Leichtes, Verspieltes. Aber auch etwas Rätselhaftes. Sie schreibt Gedichte. Ihre Sprache kristallisiert zu Melodie und Rhythmus. Wie macht sie das? „Es geschieht einfach", meint sie. Einmal zeigt sie ihm eins. Einen kleinen Vierzeiler. Er liest und kann es sofort auswendig. „Merline tanzt den Fluss entlang – durch Sonne, Wind und Regen. – Und alles wird ihr zu Gesang – und alles kommt entgegen."

Sie sucht seine Nähe. Er ist dankbar dafür. Sie dämpft die Bitterkeit, die er immer noch hat, wenn er an Lena denkt.

An einem Morgen liegt Raureif. Der Rasen im Park ist weiß. Es ist kalt geworden. Jetzt treffen sie sich in einer Nische des Restaurants, erzählen weiter.

Jetzt erzählt er ihr auch von seiner Flucht aus dem Krankenhaus und dass seine Freundin nach Marokko geflogen ist.

Sie lächelt, sieht ihn an und sagt: „Dahinter wartet nur eine neue Chance."

Mit Sonja einen Neuanfang wagen? Sie hat ihm längst schon zu verstehen gegeben, dass er ihr Herz beruhigen könnte.

Geht es ihm jetzt wie vor über 200 Jahren dem jungen Goethe? Der war im Liebeskummer von Wetzlar aus die Lahn entlang dem Rhein entgegen gewandert und in Vallendar Maximiliane begegnet.

„Es ist eine sehr angenehme Empfindung, wenn sich eine neue Leidenschaft in uns zu regen anfängt, ehe die alte noch ganz verklungen ist."

Wäre es aber nicht besser, nach einem Brief des Paulus zu handeln?

„Die Liebe ist langmütig und freundlich, die Liebe eifert nicht, die Liebe treibt nicht Mutwillen, sie lässt sich nicht erbittern."

Seine Bitterkeit gegenüber Lena ist verflogen. Liegt das an Sonja? Hat ihn die Möglichkeit einer Alternative von den Fesseln der Bitterkeit befreit, ihn gelassener gemacht? Oder ist es nicht eher so, dass er die Liebe nicht einfach abschalten kann? Lena ist ihm vertraut. Dieses Gefühl der Zugehörigkeit kann man nicht einfach vergessen oder umgehend auf eine andere Person übertragen.

Irgendwann wird Lena zurückkehren. Vielleicht auch nicht. Jetzt geht es erst einmal um ihn selbst. Er wird die kardiologische Villa so bald wie möglich verlassen. Die Diagnose ist gestellt. Die Würfel sind gefallen. In einer Klinik muss die Mitralklappe repariert werden. Damit sein Herz noch stark und lange schlägt. Für wen? Er weiß es noch nicht. Aber noch einmal den Wahnsinn der Einsamkeit zu erleben, dazu hat er keine Lust mehr. Diese Zeit war die Hölle. Nie wieder. Das zumindest ist die Lektion, die er gelernt hat. Wenigstens dazu sollte ein Klappenfehler gut sein.

Lissabon – Drei Tage

1

Sie fiel ihm sofort auf, als sie die kardiologische Villa betrat, dann vor der Rezeption stand, wartete, bis sie an der Reihe war. Er rauchte draußen neben dem Eingang eine Zigarette und beobachtete alles durch die Glastür. Sie verwirrte ihn. Was sucht eine solche Frau in einer kleinen, privaten Herzklinik? Alle anderen Damen liefen in Hosen oder im Trainingsanzug herum. Sehr uncharmant, wenig feminin. Sie aber trug einen langen roten Rock, mit Ornamenten im Jugendstil. Vintage-Eleganz. Auf dem Haar saß eine schwarze Baseballkappe. Hinten wippte bei jedem Schritt ein blonder Ponytail, bei dem sie einzelne Strähnen gelöst hatte. Auffallend auch ihre schwarzen Wanderstiefel mit den silbernen Schnallen.

„Sie könnte deine Tochter sein", überlegte er. „Älter als fünfzig ist sie nicht." Er bemühte sich, nicht zu auffällig hinzusehen, blickte dann wieder scheinbar gelangweilt nach draußen in den beginnenden Abend, wo sich im Westen der Himmel gerötet hatte, um bald in ein sanftes, purpurnes Matt zu tauchen. Er konnte den Blick aber nicht wenden, sah immer wieder durch die Glastür zu ihr hin. Das Auge bleibt jung. Auch bei einem Siebzigjährigen. Sie muss es gemerkt haben. Denn ab und zu drehte sie den Kopf in seine Richtung, legte leicht die Stirn in Falten, um sich alsbald wieder der Rezeption zuzuwenden, wo noch jemand vor ihr dran war und Aufnahmeformulare ausfüllte.

Eine Stunde später begegneten sie sich auf der Treppe und sie fragte ihn nach dem Schwesternzimmer. „Kommen Sie!" sagte er. „Ich zeige es Ihnen." Sie folgte ihm ins Erdgeschoss. Er zeigte ihr das Zimmer, ging dann ins Restaurant der Villa. Es war die Zeit zum Abendessen. Als etwas scheuer Mensch, der lange des Kontaktes zu anderen entwöhnt war, saß er allein an einem Tisch in einer Nische. Dann kam sie, blieb für ein paar Sekunden im Eingang stehen, sah sich suchend um, erblickte ihn, lächelte, kam an seinen Tisch. So lernte er Sonja kennen.

2

In normalen Krankenhäusern muss man sich morgens anmelden. Um 9 oder 10

Uhr. In dieser kleinen Privatklinik, die mehr einem Hotel oder einer Villa gleicht, war das etwas anders. Da konnte man auch am Abend kommen und erst einmal, bevor ein Zugang in die Armvene gelegt wurde und die ganzen Untersuchungen begannen, sein Zimmer beziehen. Die diagnostische Routine mit Blut abzapfen, EKG, Pulsüberwachung und Sonographie begann erst am nächsten Tag. So hatte man erst einmal etwas Zeit, sich an eine Atmosphäre zu gewöhnen, die im Vergleich zu den großen, unpersönlichen Klinikkomplexen angenehm und privat war. Wer das Intimere liebte und auch keine Kosten scheute, ging lieber in diese kleine Klinik bei Bad Neuenahr. Die Schwestern waren freundlich. Die Ärzte nahmen sich Zeit, waren bestens ausgerüstet mit Diagnosegeräten, um Herzprobleme genauer bestimmen zu können. Er war einen Tag vor Sonja gekommen und hatte EKG und Dopplersonographie schon hinter sich, wusste, was fehlte. Eine Klappe war undicht. Die Mitralklappe. Drückte das Herz Blut in den Kreislauf, so floss immer ein gewisser Anteil zurück, so dass sein Herz doppelte Arbeit leisten musste. Es war schnell unterwegs, als würde er sich ununterbrochen im Dauerlauf befinden. Tut man nichts dagegen, wird das Herz immer größer, immer insuffizienter, wie der Fachmann sagt, bis man schließlich zum Pflegefall wird oder von einem Infarkt erlöst wird. Seine Diagnose war eigentlich schon abgeschlossen. NYHA III. Mitralklappeninsuffizienz der vorletzten Stufe. NYHA ist eine Skala der New York Heart Association. Sie geht bis IV. Danach kommen nur noch Bettlägrigkeit und Tod.

Er wollte noch nicht nach Hause oder in eine Herzklinik, um sich ein Herzkatheter legen und operieren zu lassen. Ihm gefielen die Kontakte, die er in der Villa hatte. Man kommt leicht ins Gespräch. Kummer verbindet. Zu Hause wartete nur die Einsamkeit auf ihn. Die zermürbt und ist auf Dauer tödlich. Die Einweisung in eine Herzklinik verzögerte er. Dass man am Herzen herummacht, diese Vorstellung war ihm nicht geheuer und erschreckte. Eine Operation am Herzen ist keine Kleinigkeit. So schob er also alles vor sich her, fühlte sich wohl in einem Einzelzimmer mit einem südlichen Balkon, der als einziger uneinsehbar über dem Eingang der Villa lag. Rauchen war auf den Balkonen verboten. Aber bei seinem konnte das niemand sehen. In manch schlafloser Nacht ging er nach draußen, rauchte eine Zigarette, sah in den Novembernebel. Manchmal auch gesellte er sich zu der Nachtschwester, die vor der Kliniktür stand und sich dort eine Zigarette angezündet hatte. Er unterhielt sich gerne mit ihr und sie hatte ihm auch einen Trick verraten. Denn nach 23 Uhr kam man nur zur Tür raus, aber nicht wieder hinein. Um die Tür offen zu halten, hatte sie ein Pflaster auf das Auge der Lichtschranke geklebt. Die Pflaster lagen auf einem kleinen Tisch im Foyer.

Manchmal kam sie auch nachts auf sein Zimmer. Er hatte ein Gerät umhängen, das seine Herzfrequenzen auf einen Monitor im Schwesternzimmer übertrug. Löste sich im Schlaf eine Elektrode, so kam sie, befestigte sie wieder. Er hatte es gern, wenn ihre Hände seine Brust berührten.

Er war ausgehungert nach weiblicher Zuwendung. Lena, seine Freundin, hatte ihn vor vier Wochen Hals über Kopf verlassen. Sie hatte sich bei ‚Bauer sucht Frau' beworben und war genommen worden. Sie hatte ihm das lakonisch per SMS mitgeteilt. Es war absurd und es war ein Schock. Er hatte nichts davon gewusst, nichts geahnt. Ganz plötzlich war das. Jetzt hockte sie mit zwei Konkurrentinnen bei einem Schwarzwälder Bauer und musste sich bewähren. Der Bauer suchte nicht nur eine Frau, sondern auch eine Hilfe für den Hof. Er kann sich nur schwer vorstellen, dass die zarte Lena Ställe ausmistet und Kühe melkt. Insofern könnte er die Hoffnung haben, dass sie zu ihm zurückkommt. Aber vom Landleben und einem großen Hof hatte sie immer schon geträumt. Er nicht. Dass sie das jetzt so versucht! Er könnte es im Fernsehen miterleben. Aber das tut er sich nicht an.

Als Sonja sich zu ihm an den Tisch setzt, findet er das sehr angenehm.

3

Es gibt eine Sympathie, die das Gespräch leicht macht. Bei Sonja ist das so. Bei ihm auch. Also gegenseitig. Zunächst erzählt man sich die Gründe, warum man in der kardiologischen Villa ist. Sie hat nächtliches Herzrasen, seit ihr Mann vor einem Jahr gestorben ist. Aber eigentlich nicht nur nachts, gesteht sie. Auch am Tag galoppiert das Herz manchmal davon. In der Nacht ist es jedoch besonders schlimm. Dann raubt die Angst den Schlaf. Er berichtet sachlicher, lakonisch. Klappenfehler. ‚Höhergradige Mitralklappeninsuffizienz' sagt er nicht. Auch nicht NYHA III. Das ginge zu weit, sähe nach fachkundiger Prahlerei aus. Klappenfehler reicht. Darunter kann sie sich etwas vorstellen. Fehler ist Fehler. Wie sich das bemerkbar mache? Kurzatmigkeit beim Tennis. Die Stufen den Kölner Dom hoch würde er nicht mehr im Galopp schaffen. Da müsste also etwas getan werden. Mit dieser Bemerkung ist das medizinische Kapitel beendet.

Sie hat die Baseballkappe auch beim Abendessen auf. Ebenso trägt sie wieder den Vintage-Rock. Damit fällt sie auf. Die anderen Damen im Saal sind krankheitsgemäß gekleidet. Trainingsanzug für die rasche Untersuchung. Oder Hose und irgendeine unauffällige Jacke. Alles sehr dezent und dem Aufenthalt in einer Klinik entsprechend. Sie sitzt mit dem Rücken zu den anderen Tischen. Er hat den Blick über das Restaurant und bemerkt, wie die Frauen interessiert gucken und ab und zu miteinander tuscheln. Wahrscheinlich sagen sie: „Wie kann man nur so in einer Klinik herumlaufen! Wir sind doch nicht auf einem Pariser Laufsteg!"

Er genießt das, muss ab und zu darüber lächeln. Ihre Gegenwart tut ihm gut. Er hat eine verdammte Sehnsucht nach einer Frau, seit er von dem Klappenfehler weiß und seine Freundin in den Schwarzwald verschwunden ist. In den ersten Wochen ohne sie war er in ein tiefes Loch gefallen, hatte sich in seiner Wohnung mit Wodka die Kante gegeben. Bis er die Einsamkeit nicht mehr ausgehalten und sich in die Klinik hat überweisen lassen. Einfach nur um Menschen um sich zu haben. Dass Sonja ihm jetzt gegenüber sitzt, ist ein Geschenk des Himmels. Wäre das mit der Klappe kein mechanischer Fehler, sie würde jetzt wieder normal arbeiten. So fühlt er sich.

„Schade, dass man hier nicht rauchen darf", sagt sie. „Selbst draußen auf meinem Balkon ist es verboten. Na ja", fügt sie mit einem leichten Wimpernaufschlag hinzu, „kann man ja verstehen. Hier ist eine Klinik."

„Draußen darf man", sagt er. „Neben dem Brunnen gibt es einen Pavillon. Für die Sünder. Ich steh da immer ganz allein." Sie lacht. „Jetzt nicht mehr. Nehmen wir uns einen Kaffee mit?"

Kaffee gibt es beim Abendessen nicht. Nur Kräutertee. Hibiskus, Kamille und alles, was der liebe Gott sanft wachsen lässt. Aber es gibt neben dem Buffet eine Kaffeemaschine. Für einen Euro Kaffee Crema, Espresso oder Cappuccino. Sie stehen beide auf, gehen zu der Maschine. Sie stellt eine Tasse unter die Aufschäumdüse, wirft eine Münze ein, drückt die Taste für einen Cappuccino. Die Maschine rattert, was noch einmal Aufmerksamkeit in dem Saal erregt. Jetzt ist er dran, wiederholt die Prozedur für einen Café Crème. Mit den Tassen gehen sie nach draußen zum Pavillon.

„Ich bin Sonja", sagt sie. „Und du?"

„Felix", antwortet er. Und denkt, jetzt stimmt der Name wieder. Felix heißt ‚der Glückliche'. Das Gefühl des Verlassenseins ist verflogen. Auch die Bitterkeit. In den ersten Tagen, als Lisa weg war, hatte er noch gewünscht, sie möge vom Traktor fallen. Die Vorstellung, dass sie fröhlich über die Felder fährt, während er mit einem Klappenfehler in seiner Wohnung hockt und zum Fenster hinaus nur Regen sieht, ließ ihn trotz aller immer noch vorhandenen Liebe nichts Gutes wünschen. Ist das menschlich oder einfach nur gemein? hatte er überlegt. Da half auch das Wort aus einem Brief des Paulus nicht: „Die Liebe ist langmütig und freundlich, die Liebe eifert nicht, die Liebe treibt nicht Mutwillen, sie lässt sich nicht erbittern."

Er ließ sich erbittern. Aber das ist jetzt weg. Sonja ist ihm sympathisch. Vielleicht wird ja mehr draus. Aber bitte nichts Voreiliges. „Von Herz zu Herz ist ein Intervall, das man langsam betritt." Das ist ein Zitat aus einem Gedicht von Karol Wojtyła, den er sehr mag.

„Es ist schön, endlich wieder Gesellschaft zu haben", sagt Sonja. „Seit dem Tod meines Mannes habe ich mich im Haus vergraben. „Nur ab und zu Kaffee trinken mit einer Freundin."

Was sie sagt, hat für ihn zwei Botschaften. Sie steht gerne mit ihm im Pavillon. Aber sie muss ihren Mann sehr vermisst haben. Daher das Herzrasen. Ein Jahr ist für die Trauer keine lange Zeit. Jedenfalls bei Frauen. Die Kerle sind da unruhiger, halten es alleine nicht aus und sind rasch wieder auf der Suche. Glaubt er jedenfalls. Ob das wirklich stimmt?

Das Gespräch plätschert locker dahin. Zunächst einmal Austausch von Informationen. Sie wohnt in Waldorf. Das ist nur ein paar Kilometer von seinem Ort entfernt. Der heißt Bad Breisig und liegt direkt am Rhein. Sie kennt es, war schon ein paar Mal an der Uferpromenade. Ihm ist es da zu touristisch. Er meidet die Gegend, war nur einmal in einer Weinstube beim singenden Wirt. Das Schild an der Tür ‚enge Tanzgelegenheit‘ hatte ihn verführt. So hatte er Lisa kennengelernt.

„Lebst du allein?" fragt Sonja.

Die Frage ist ziemlich direkt. Aber warum soll sie das nicht fragen?

„Ja", antwortet er und meint damit die Gegenwart. Denn ob er seine Freundin jemals wiedersieht, weiß er nicht. Manchmal hatte er es noch gehofft.

„Seit wann?" will sie wissen.

Er schüttelt bedauernd den Kopf. „Lang genug", weicht er aus.

Sie gibt sich damit zufrieden, fragt nicht weiter nach. Wahrscheinlich denkt sie in Jahreszahlen. Würde er sagen „seit vier

Wochen", wäre das für sie erschreckend kurz. Gelogen hat er nicht. Es war wirklich lang genug. Die Einsamkeit hatte er nur schwer ausgehalten. Vielleicht geht sie ja bald zu Ende.

Da sie nun einmal draußen sind, rauchen sie eine zweite Zigarette, reden weiter miteinander. Ab und zu zupft Sonja sich eine Strähne aus dem Ponytail. Wenn sie lacht, zeigen sich zwei Grübchen auf ihren Wangen. „Sweet" denkt er.

Nach einer Viertelstunde lässt der Novembernebel sie frösteln. Sie gehen zurück. „Schade", meint Sonja, „dass man nachts nicht mehr raus kann. Auf dem Balkon ist es ja verboten. Die Nacht-schwester könnte es sehen."

Er verschweigt ihr die Geschichte mit der Lichtschranke und dem Pflaster. Stattdessen sagt er: „Mein Balkon liegt als einziger südlich, direkt über dem Eingang. Da können sie einen nicht erwischen."

Er merkt ihr Zögern. Und dann fragt sie doch: „Welche Zimmernummer hast du?"

„28. Erster Stock."

„Wenn du nichts dagegen hast: Darf ich? Auch mitten in der Nacht? Ich bin ganz leise." Sie lächelt verlegen.

„Sei bitte laut!" antwortet er.

4

Nach ihrem Alter wollte er sie nicht direkt fragen. Aber er macht sich Gedanken darüber. Wenn sie wirklich um die fünfzig ist, so wie er es schätzt, dann liegen zwanzig Jahre zwischen ihnen. Das würde sie sich nicht antun wollen. Zum Plaudern jedoch würde es reichen. Da ist das Alter egal.

Er liegt angezogen auf dem Bett, zappt sich durch die Fernsehkanäle, findet nichts, was ihn interessiert. Schließlich bleibt er bei Eurosport hängen, sieht sich Snooker an. Die ‚Irish Open‘. Selby gegen O'Sullivan im Finale. Mit Lena hatte er öfter Poolbillard gespielt. Sie spielte brillant. Meistens verlor er. Er gewann nur, wenn sie aus Versehen die schwarze Kugel zu früh oder in der falschen Tasche versenkte. Aber das war kein richtiger Sieg für ihn.

Ob Sonja kommt? Er bleibt lange wach. Um seinen Schlaf steht es schlecht. Lisas Abwesenheit hat ihn nervös gemacht. Er ist daran gewöhnt, nachts an warmer Haut zu liegen. Und dann sieht er auch noch eine Herz-OP auf sich zukommen. Schlechte Bedingungen für gesundes

Ruhen. Immer wieder sieht er auf die Uhr. Es ist schon Eins.

Um halb zwei klopft es leise. Er springt auf, eilt zur Tür, öffnet. Sie steht vor ihm, lächelt. „Darf ich?" fragt sie.

„Aber ja. Ich kann sowieso nicht schlafen. Die Geschichte mit dem Herzen. Dass einen das mit Siebzig noch erwischt!"

„Was soll ich denn sagen!? Ich bin ein paar Jahre jünger."

Ein paar Jahre jünger. Da kann er seine Neugierde nicht beherrschen. „Wie viele denn, wenn ich fragen darf?"

„Zwölf."

„Ich hätte dich auf fünfzig geschätzt."

Sie lacht. „Danke für das Kompliment."

Die Baseballkappe hat sie dieses Mal nicht auf dem Kopf sitzen. Sie hat auch den Ponytail gelöst. Das blonde Haar mit dem rötlichen Schimmer fällt ihr in Wellen bis weit über die Schulter. Sie trägt immer noch den langen Rock mit den Ornamenten. An den Füßen stecken jetzt bunte Sandaletten. An den Lederriemen marokkanische Muster. Verspielt wirkt das und schön. Gegen die Kühle der Nacht hat sie eine weinrote Lederjacke angezogen. Er findet, dass sie hinreißend aussieht. Am liebsten hätte er sein Gesicht in ihren Haaren vergraben.

Er holt einen Mantel aus dem Schrank. Sie gehen auf den Balkon. Er zieht die Tür zu, damit kein Rauch ins Zimmer kommt und Alarm auslöst. Jetzt in der Nacht ist der Nebel verschwunden. Zwischen einer Wolkenlücke sieht man die Sichel des Mondes. Er gibt ihr Feuer, zündet sich dann selbst eine Zigarette an,

„Hoffentlich kommt die Nachtschwester nicht", meint sie.

Fast hätte er gesagt: „Ach was, die raucht doch selbst." Aber das verschweigt er lieber. Sie könnte sonst auf die Idee kommen, auf ihren eigenen Balkon zu gehen.

„Das mit dem Rauchen wird sowieso bald vorbei sein", ergänzt er noch. „Nach der Herz-OP hör ich auf."

„Ich wahrscheinlich auch. Je nachdem, wie die Diagnose ist. Morgen kommen EKG und Schalluntersuchung. Ein bisschen nervös bin ich schon."

Sie wechselt das Thema. „Du arbeitest noch?" fragt sie.

„Nein, bin pensioniert."

„Pensioniert? Als was denn?"

Schön, dass sie neugierig ist, denkt er und antwortet: „Erst war ich an einer Schule, dann an der Uni."

„Professor?"

„Nein. Ich habe Studenten auf ihren Deutschlandbesuch vorbereitet."

„Auf ihren Deutschlandbesuch? Wo denn?"

„In Bangkok."

Wie das wohl ankommt? Bangkok ist ein wenig verrufen. Da läuft bei den Damen immer derselbe Film ab. Aber Sonja ist keine Alice Schwarzer. „Schön", sagt sie nur. „Interessant." Und dann will sie wissen, wie lange er schon pensioniert ist.

„Seit 15 Jahren. Da hat mich die Lehrlust verlassen. Ich wollte meine Ruhe haben und anderen Dingen nachgehen."

Sie ist wirklich neugierig, will jetzt wissen, welchen Dingen er nachgeht. Er erzählt vom Jakobsweg, vom Tennisspielen.

„Was ist mit Frauen?" fragt sie unverblümt.

„Sind das Allerwichtigste."

„Du hattest viele?"

Blöde Frage, denkt er. Sagst du „Ja", ist das verdammt schlecht. Sagst du „nur eine", glaubt sie dir das vielleicht nicht.

„Ich bin kein Mönch" weicht er aus. „Natürlich hatte ich eine Freundin."

Damit sie nicht weiter fragen kann „Wie lange?", erzählt er direkt weiter. Aber er erzählt nicht von Lisa, sondern von einer anderen. Sie war Kirchenrestauratorin, hat übertünchte Fresken freigelegt und sie wieder aufgefrischt. „In dieser Zeit war ich oft mit dabei und richtig fromm. Gehst du auch in die Kirche?"

Er will von dem Thema weg und schafft es auch.

Sie schüttelt den Kopf. „Nein, ich finde eher den Buddhismus sympathisch. Kennst du Langenfeld?"

„Nein."

„Das ist nicht weit von Maria Laach. Da gibt es ein buddhistisches Zentrum. Da besuche ich manchmal Vorträge und Kurse. Tibetisches Heilyoga, Herz-Sutra, QGong und vor vier Wochen einen Kurs, wie man die eigenen Dämonen nährt."

Er schaut sie überrascht an. „Die eigenen Dämonen nähren?"

„Ja. Die eigenen Schattenaspekte erfahren, die eigenen tiefen Bedürfnisse.

161

Damit die Energie wieder frei fließen kann."

„Hmm. Klingt kompliziert." Er will nicht fragen: „Was sind denn deine tiefen Bedürfnisse?" Dazu ist es noch zu früh. Ungewiss ist, ob es jemals dazu kommt. Seine eigenen tiefen Bedürfnisse kennt er. Aber so tief liegen die gar nicht. Auf keinen Fall im Unbewussten. Offensichtlich ist für ihn die Sehnsucht, endlich wieder eine Frau im Arm zu haben. Da muss er keine Kurse besuchen oder in sich hineinhorchen.

Eine halbe Stunde bleibt sie bei ihm. Dann geht sie. Er begleitet sie zur Tür. Dort dreht sie sich um zu ihm, lächelt, gibt ihm einen Kuss auf die Wange. „Danke!" sagt sie. Er sieht ihr nach, wie sie durch den Flur geht und schließlich die Treppe hoch zu ihrem Zimmer nimmt. Er streicht sich nicht mit der Hand über die leicht feuchte Backe. Die Erinnerung an ein schönes Treffen soll noch etwas bleiben.

5

Am Morgen beim Frühstück wirkt Sonja bedrückt. Irgendetwas belastet sie. Er fragt.

„Ach, die ganzen Untersuchungen, die jetzt kommen", sagt sie.

„Tut doch nicht weh", tröstet er. „Bei der Sonografie kannst du auf dem Bildschirm sehen, wie dein Herz arbeitet."

„Ich weiß. Das ist es aber nicht. Es ist die Diagnose. Davor habe ich Angst. Die Vorstellung, dass man mein Herz vielleicht operieren muss, erschreckt mich."

„Ist doch auch nur ein Organ wie alle anderen", beschwichtigt er.

„Ist es nicht", widerspricht sie. „Es ist etwas ganz Besonderes. Das ist nicht nur ein Organ. Du kennst doch die Redensarten. Sich etwas zu Herzen nehmen oder jemandem das Herz brechen. Man sieht nur mit dem Herzen gut. Es ist der Sitz der Gefühle."

Jetzt widerspricht er. „Die Gefühle sitzen im Kopf. Das Herz reagiert nur darauf."

„Typisch Mann!" meint sie spöttisch. „Die Gefühle im Kopf."

„Man sieht mit den Augen. Die Bilder sind im Kopf und nicht auf der Herzwand."

„Bist du immer so wissenschaftlich? Die Liebe ist bei dir dann auch nur ein Spiel der Hormone." Sie wirkt gereizt.

Er würde sie jetzt gerne in den Arm nehmen und sagen: „Nein, das ist sie nicht. Sie ist etwas Großartiges, das ich gar nicht erklären will."

Den ganzen Vormittag sieht er sie nicht. Sie ist auf den einzelnen Stationen unterwegs. Die bedeutendste ist die Dopplersonografie. Da sieht man ziemlich genau, wo der Defekt liegt. Aber das ist noch nicht genau genug. Findet man einen Fehler, so kommt danach in einer großen Klinik der Herzkatheter und das Schluckecho. Beim Schluckecho wird ein Schlauch durch die Speiseröhre in die Herznähe geschoben. Für eine Operation muss man detailgenau wissen, was zu machen ist. Er wird um die Operation nicht herumkommen. Es geht nur noch um die Frage minimalinvasiv oder am offenen Herzen. Wenn er Pech hat, könnte es auch heißen: „Ihr Herz ist abgenutzt. Sie brauchen ein neues."

Sie treffen sich erst beim Mittagessen wieder. Sonja wirkt immer noch bedrückt.

„Und?" fragt er.

Ihr Lächeln ist bitter. „Du kannst jetzt sagen ‚Willkommen im Club!' Auch bei mir ist die Klappe ziemlich undicht. Es muss operiert werden."

Sie rührt ihren Teller kaum an, lässt das Essen zurückgehen.

„Komm!" sagt er. „Gehen wir ein paar hundert Meter. Nicht weit von hier gibt es eine Weinstube. Unseren Herzen schadet das nicht."

6

Er kennt die Weinstube. An seinem ersten Abend in der kardiologischen Villa war er dorthin gegangen, hatte ein paar Gläser ‚Grauen Burgunder' getrunken, war gegen Mitternacht zurückgekehrt, wusste noch nicht, dass der Eingang ab 23 Uhr geschlossen ist. Aber da stand Nachtschwester Monica draußen, hatte das Auge der Lichtschranke mit einem Pflaster zugeklebt. Er hatte sich zu ihr gesellt. Sie verstand seine Sünden. Das Gespräch war warmherzig und tat ihm gut.

Jetzt führt er Sonja in das Kaminzimmer. Sie setzen sich nebeneinander auf ein Sofa dicht am Feuer. Es ist ein kalter Novembertag, neblig, feucht, grau. Da tut die Wärme der Flammen gut. Sie bestellt einen Rotwein von der Ahr, er wieder ‚Grauen Burgunder‘.

Eine Zeit lang schweigen sie. Dann sagt Sonja: „Weißt du, was schlimm ist? Morgen werde ich entlassen. Dann muss ich eine ganze Woche warten, bis der Termin in der Klinik kommt. Meine Freundin ist auf Teneriffa. Wie halte ich es bei mir aus? Ich weiß es nicht. Das Haus ist leer und groß."

Er wird ebenfalls Morgen entlassen, sieht dann wieder die Einsamkeit in seiner Wohnung auf sich zukommen. In der kardiologischen Villa ging es ihm besser. Der Termin in der Herzklinik in Siegburg ist wie bei ihr erst in einer Woche. Was soll er zu Sonjas Worten sagen? Er weiß es noch nicht. Auf keinen Fall: „Ich könnte mit in dein Haus kommen." Da ist selbst der Konjunktiv noch zu direkt.

Er schweigt, trinkt Burgunder, sieht in die Flammen. Dann sagt er: „Ich muss auch eine ganze Woche warten. Aber ich werde für ein paar Tage nach Lissabon fliegen. Da ist es im November noch warm und die Sonne scheint. Ich habe mir heute Morgen den Wetterbericht angesehen. Kennst du Lissabon?"

Sie schüttelt den Kopf. „Nein. Aber ich habe gehört, es soll eine schöne Stadt sein. Ich habe auch einmal einen Film gesehen. ,Die weiße Stadt' mit Bruno Ganz. Da lässt ein Matrose einfach sein Schiff sausen, weil er von Lissabon verzaubert ist. Aber dürfen wir mit einem Herzfehler fliegen?"

Er lächelt. Sie hat ,wir' gesagt. Einfach so. Meint sie das wirklich?

„Wir sind nicht krank", antwortet er. „Den Klappenfehler haben wir bestimmt schon länger. Solange wir es nicht gewusst haben, ging es uns gut. Manchmal wird man erst krank durch die Diagnose."

Er zögert. Darf er das fragen? Warum nicht!? Wo ist das Risiko?

„Du hast ,wir' gesagt. Würdest du denn mitkommen?"

„Wenn du mich mitnimmst."

„Aber ja!"

„Wie lange?"

„Drei Tage."

Als sie zu der Villa zurückgehen, hakt sie sich in seinen Arm. „Werden wir uns vertragen?" fragt sie.

„Wir werden uns bestimmt vertragen."

Er hat sein Notebook mit in die Villa genommen. Er bucht die Flüge. Mit Eurowings geht es von Köln/Bonn nach Lissabon. Die Abflugzeit ist angenehm. 12.15 Uhr. Er will auch schon das Hotel buchen. Aber was? Doppelzimmer? Zwei Einzelzimmer? Er muss sie fragen. Darf man jetzt schon so etwas fragen? Sie kennen sich erst seit zwei Tagen. Von Herz zu Herz ist ein Intervall, das man langsam betritt.

Er sucht schon mal das Hotel ‚Riverside Alfama' aus. Das wird er ihr vorschlagen. Er kann das nicht über ihren Kopf hinweg bestimmen. Auf der Website des Hotels sieht er sich die Bilder an. Vom Balkon aus hat man einen wunderbaren Blick auf den breiten Arm des Tejo. Die Altstadt von Lissabon ist nebenan. Die Aussicht mit Sonja nach Lissabon zu fliegen stimmt ihn fröhlich. Wozu ein Klappenfehler doch gut sein kann!

Er nimmt das Notebook, geht zu ihrem Zimmer, klopft an. „Die Flüge habe ich schon gebucht", sagt er. „Aber bei dem Hotel weiß ich noch nicht. Ich würde das ‚Riverside Alfama' vorschlagen. Man hat vom Balkon aus einen phantastischen Blick auf den Mündungsarm des Tejo. Das sieht aus, als sei man schon am Atlantik."

Er fährt das Notebook hoch, klickt sich auf die Website des Hotels, ruft die Fotos auf. Von den Zimmern, von der Umgebung.

„Ja, schön. Nehmen wir."

Sie ist einverstanden. Jetzt kommt die Gretchenfrage. Doppelzimmer oder Einzel? Aber er stellt die Frage nicht.

„Dann buche ich jetzt zwei Einzelzimmer", sagt er. Sie lächelt, schweigt. Kein Kommentar.

Umbuchen kann man das immer noch, denkt er. Vorläufig aber ist die Entscheidung richtig.

Nach dem Abendessen gehen sie durch den Park der Villa. Sie hat sich wieder in seinen Arm eingehakt. Es ist ein schönes Gefühl. Er hätte Lust, noch einmal die Dopplersonografie zu machen. Er ist sich sicher, er hat nicht mehr Stufe III, sondern mindestens eine weniger. So eine Klappe muss doch auch auf das Glück reagieren.

Spät am Abend denkt er an Lena. Muss er ein schlechtes Gewissen haben? Warum? Die hat sich doch bei einem Bauer beworben. Ob sie jemals wieder zurückkommt, ist ungewiss. Einmal haben sie telefoniert. Da klang ihre Stimme gar nicht optimistisch. So als ahne sie, dass sich der Landwirt für eine ihrer Konkurrentinnen entscheiden würde. Was macht er, wenn sie zurückkommt? Ob er zwei Frauen lieben kann? Theoretisch geht das. Aber man müsste es verheimlichen. Dann verstrickt man sich in einem Netz von Alibis und Lügen und es geht einem schlecht damit. Offenbart man es, sind beide weg. Dann geht es einem noch schlechter. Er müsste sich also entscheiden.

Er denkt an den alten Goethe beziehungsweise an den jungen. Der war im Liebeskummer von Wetzlar die Lahn runter dem Rhein entgegen gewandert und hatte in Vallendar die süße Brentano getroffen. In seinen Notizen hatte er vermerkt: „Es ist eine sehr angenehme Empfindung, wenn sich eine neue Leidenschaft in uns zu regen anfängt, ehe die alte noch ganz verklungen ist."

Das kann er jetzt nachempfinden. Er freut sich mehr auf Lissabon als dass er auf Lisas Rückkehr hofft. Möge sie doch ihr Glück im Kuhstall finden!

Dass das so schnell geht! Die Gefühle umlenken. Er staunt darüber. Aber er hat in der Einsamkeit seiner Wohnung genug gelitten. Das muss vorbei sein. Noch ein paar schöne Tage mitnehmen, bevor es zur OP geht. Die wird am offenen Herzen sein und ist nicht ohne Risiko. Die Bitterkeit gegenüber Lisa ist völlig verschwunden. Auch die Rachegefühle, die ihn ab und zu heimgesucht hatten. Er fühlt sich wohl bei Sonja, ist vielleicht schon verliebt. Das weiß er aber noch nicht genau. Das hängt ja auch von ihr ab. Vielleicht braucht sie ihn nur als Begleitung und als jemanden, mit dem sie reden kann. Das bleibt alles abzuwarten.

Er schaltet noch einmal sein Notebook ein, geht ins Internet. Das Wetter in Lissabon. Die Vorhersage für ihren Aufenthalt. 18 Grad und Sonne. Da kann man auf dem Balkon sitzen und auf den Tejo schauen. Und abends durch die Altstadt gehen und in einer Bar dem Fado lauschen. Drei Tage sind es. Drei Tage nur. Aber es sind drei Tage mit Sonja.

In dieser Nacht kommt sie früher zu ihm. Es ist halb Zwölf, als es leise klopft. Die Nachtschwester hat schon ihren Rundgang gemacht und den Blutdruck gemessen. „Gut!" hat sie gesagt. „120 zu 80. Das ist normal." Vorher war es 150 zu 90, eine leichte Hypertonie.

„Seltsam", sagt Sonja, als sie auf dem Balkon stehen, „es ist, als würden wir uns schon länger kennen. Dabei ist das erst seit einem Tag und einem Abend. Vielleicht sind wir uns ja früher schon mal begegnet."

Wahrscheinlich meint sie die Wieder-geburt. Sie besucht ja ein buddhistisches Zentrum. Genauer, ein tibetisches. Da glaubt man an so etwas. Er jedenfalls erinnert sich nicht. Wozu auch? Jetzt steht sie neben ihm, lächelt, so dass er wieder die Grübchen sieht.

„Wie machen wir das?" fragt sie. „Treffen wir uns übermorgen am Flughafen? Du musst wahrscheinlich nach Hause und noch ein paar Sachen packen."

Er schüttelt den Kopf. „Nein, ich hab' ja alles dabei. Es sind nur drei Tage. Ich müsste allerdings die Tickets noch ausdrucken."

„Komm Morgen mit zu mir. Da kannst du das auch ausdrucken. Mir ist lieber, wir fahren zusammen zum Flughafen. Ich möchte Lissabon nicht verpassen. Bist du mit dem Wagen hier?"

„Nein, bin mit dem Taxi gekommen."

Er möchte sie in den Arm nehmen, sie spüren. Aber von Herz zu Herz ist ja ein Intervall, das man langsam betritt. Er ist ein eher zurückhaltender Typ. Vielleicht ist es auch die Angst, etwas zu zerstören, was sich nur behutsam entwickeln kann. Viele Jahre sind sie sich nicht begegnet. Da kommt es auf ein paar Tage nicht an.

Sie ist anders. Sie durchschaut das. Sie drückt die Zigarette auf dem Balkongeländer aus, schnippt die Kippe in die Regenrinne. Dann stellt sie sich vor ihn, lächelt, sagt: „Wir könnten uns ruhig einmal umarmen."

Er legt seinen Kopf auf ihre Schulter, löst mit der rechten Hand das Gummiband an ihrem Ponytail, so dass die Haare frei fallen. Er vergräbt sein Gesicht darin, atmet tief durch. Dann sucht er ihre Lippen. Es ist eine erste, zarte Berührung, die er nicht mehr vergessen wird. Sie bleibt die ganze Nacht bei ihm, geht um Sechs, bevor die Morgenschwester kommt, um Puls und Blutdruck zu messen. Als die Schwester kommt, da sitzt er auf der Bettkante und lächelt ihr entgegen.

„Was ist denn mit Ihnen los?" fragt sie erstaunt. „Sie müssen ja wunderschön geträumt haben."

„Nein, nein. Ich freue mich nur auf meine Entlassung."

„War es so schlimm hier?"

„Nein, ganz im Gegenteil."

Sie wird es sich ja denken können. Dass Sonja und er gerne zusammensind, ist in der Villa aufgefallen. Wo es wenig Sensationen gibt und viel Zeit, beobachtet man besonders sorgfältig.

9

Einmal noch Frühstück. Ein letztes Mal im Restaurant der Villa. Sie sitzen sich am Tisch gegenüber, lächeln sich an. Die anderen Patienten werden die Vertrautheit, die entstanden ist, bemerken. Die Männer weniger, aber die Frauen spüren so etwas. An diesem Morgen blicken sie besonders neugierig zu ihnen

174

herüber. Felix amüsiert das. Sonja ist es egal.

Um Neun kommt die letzte Visite und sie halten den Entlassungsbrief in den Händen. Die Hauptdiagnose kennen sie schon. Höhergradige Mitralklappen-insuffizienz. Manches liest sich wie ein Zeugnis aus der Schule. „Wacher und allseits orientierter Patient in zufrieden-stellendem AZ und gutem EZ." Felix kennt die Ärztesprache. So etwas kann man googeln. AZ ist der Allgemeinzustand. EZ der Zustand der Ernährung. Bei den Nebendiagnosen findet sich ‚CVRF Nikotinabusus'. Der cardiovaskuläre Risikofaktor. Das werden sie beide ändern müssen. Sie vergleichen, und darauf sind sie besonders gespannt, den Kliniktermin für die invasive Diagnostik, also Herzkatheter und Schluckecho mit nachfolgender OP. Sie haben sich dieselbe Klinik ausgesucht. Helios in Siegburg. Sie haben denselben Termin für die Aufnahme, haben sieben Tage Zeit.

Sie gehen zum Parkplatz der Villa, wo sie ihren Wagen stehen hat. Bitte kein SUV! denkt er. Er mag diese Sport Utility Vehicles mit ihrer erhabenen Sitzposition nicht. Kleine Panzer sind das. Bullige

175

Protz- und Statussymbole. Unsym-
pathisch. Er ist erleichtert, als Sonja auf
einen roten Fiat 500 zusteuert. „Den hab'
ich in Blau", sagt er erstaunt. Schon wieder
eine Gemeinsamkeit. Zufall? Was treibt
Amor da für ein Spiel?

Sie meidet die Autobahn, fährt auf einer
Nebenstrecke nach Waldorf. Auf einer
kurvenreichen Landstraße geht es durch
Wälder. An diesem Novembermorgen
scheint endlich mal wieder die Sonne. Das
Laub der Bäume leuchtet in warmen
Farben, in zarten und bisweilen starken
Tönen. In Gelb, der Farbe der Sonne. In
lebendigem Orange, in erdigem Braun, in
Burgunderrot, in Opalgrün. Herbst des
Lebens. Wie schön! Der Kliniktermin ist
ausgeblendet. Jetzt zählt nur die
Gegenwart und der Flug nach Lissabon.

Waldorf ist ein kleiner Ort am Rande
des Vulkanparks Brohltal. Ein verträumtes
Dorf mit noch vielen Fachwerkhäusern.
Eins davon, am südlichen Rand, gehört
Sonja. Es ist von Buchenhecken umgeben.
Das Erdgeschoss ist aus Tuffstein
gemauert. Darüber das restaurierte
Fachwerk mit weißer Fassade und
dunkelroten Balken. Oben der mit Schiefer
gedeckte Giebel. Allein an der Seite, wo sie

auf einem Hof den Wagen parkt, zählt er acht Fenster. Ein großes Haus. Dass sie da nicht alleine eine ganze Woche herumlaufen will, ist verständlich. Ob er der erste ist, der seit dem Tod ihres Mannes dort eine Nacht verbringen darf? Es ist egal. Die Frage ist unerheblich. Die Vergangenheit zählt nicht. Das Leben ist ein Fluss, der einem unbekannten Meer zuströmt. Die Bilder an den Ufern ändern sich. Jetzt sind sie einfach nur schön.

10

Er hat im Gästezimmer geschlafen. Sie auch. Am Morgen nach einer Tasse Kaffee packt er den Inhalt seiner Tasche um in einen kleinen Lederrucksack, den er als Handgepäck in die Maschine mitnehmen kann. Das Notebook braucht er nicht. In Lissabon wird alles analog sein. Haut an Haut. In einer Kammer hat sie einige Rucksäcke hängen. Sie muss viel gewandert sein. „Nimm den grünen!" schlägt er vor. „Dazu ein rotes Kleid. Die Portugiesen werden dich lieben. Es sind ihre Nationalfarben."

Schon um Acht, eigentlich zu früh, fahren sie zum Flughafen. Nach dem Check-In läuft er durch den Duty-Free-Shop. Er fliegt nicht gerne, hat sich früher immer ein Päckchen Underberg mit an Bord genommen. Dieses Mal lässt er es. Mit Sonja wird der Flug anders sein. Ohne Unbehagen so hoch in der Luft. Als der Schub der Turbinen kommt, lächelt er. Jetzt kann sie nicht mehr aussteigen. Will sie auch gar nicht. Er nimmt sie mit nach Lissabon.

Die Maschine steigt. Nach ein paar Minuten die südliche Schleife über den Rhein. Tief unten sieht er den Kölner Dom. Dann hat die B 737 ihre Flughöhe erreicht. Eine weiße Wolkendecke liegt unter ihnen. Darüber der Himmel strahlendblau.

Sonja hat den Kopf an seine Schulter gelegt und schläft. Flugangst kennt sie nicht, während er ab und zu auf das Surren der Turbinen lauscht.

Sie müssten jetzt über dem Schwarzwald sein. Dort unten ist Lena. Wenn sie wüsste, dass er nicht mehr ein paar hundert Kilometer von ihr entfernt ist! Aber er ist unerreichbar und fliegt unerreichbar weiter.

Dann kommt endlich nach drei Stunden der Anflug auf Lissabon, die weiße Stadt. Die Kehre über dem Atlantik. Sinkflug. Er sieht die breite Mündung des Tejo, den Stadtteil Alfama und auf der anderen Seite des Flusses Almada. Über das Mündungsdelta spannt sich, jetzt deutlich zu erkennen, die Ponte Vasco da Gama. Nun wird alles ganz nah. Mit einem sanften Ruck setzt die Maschine auf. Die Erde hat sie wieder. Das schönste Abenteuer seines Lebens kann weitergehen.

11

Der Flughafen liegt sechs Kilometer nördlich vom Zentrum. Vor vielen Jahren war er schon einmal in Lissabon. Da hat er den Bus in die Stadt genommen. Aber jetzt, vor einer Herz-OP, ist Geld ziemlich egal. Sie fahren mit dem Taxi zum ‚Riverside Alfama'.

An der Rezeption bucht er um. Keine Einzelzimmer. Sorry, ich hatte mich vertan! Diese Klickerei mit der Maustaste! Sie bekommen ein Doppelzimmer. Kein Problem. Der Empfangschef in der Lobby ist freundlich und sieht, dass die Beiden nachts keine Isolation wünschen.

Das Zimmer ist einfach, aber in warmen mediterranen Farben. Das Schönste ist der Balkon, wo man bei Sonne und milden Temperaturen auf den Tejo sehen kann bis hinüber zum Stadtteil Almada. Fähren kreuzen das Mündungsdelta. Die Sonne, die sich schon nach Westen neigt, legt eine glänzende Spur auf das Wasser.

Er bestellt zwei Tassen Kaffee. Der Wein wird am Abend kommen. So sitzen sie eine ganze Stunde auf dem Balkon, staunen über die Wendung des Schicksals. An Sightseeing, was er zunächst befürchtete, ist Sonja nicht interessiert. Also keine Jagd durch Museen, Paläste und Kirchen. Einfach nur auf dem Balkon sitzen und irgendwann auch in einem Café unten am Fähranleger. Am nächsten Abend dem Fado lauschen in der Altstadt. Auch einen Gang durch die Rua Augusta und das Tor der Seefahrer. Das reicht. Es sind ja nur drei Tage. Sie haben sich noch viel zu erzählen. Da hetzt man nicht mit dem Baedeker durch die Stadt.

Irgendwie ist alles auch neu und anstrengend. Und so unerwartet. Als die Sonne untergeht, sind sie müde, liegen angezogen Arm in Arm auf dem Bett. Einmal schiebt er seine Hand auf ihre linke Brust, um den Herzschlag zu spüren. Der ist ruhig und gleichmäßig. Kein Rasen. So war das auch in der letzten Nacht. Das Herz ist nicht nur ein Organ. Wie schön, wenn das mit der Klappe nur eine nervöse Störung wäre! Dann könnten sie die OP zum Teufel wünschen und länger in Lissabon bleiben. Aber das ist wahrscheinlich nur ein frommer Gedanke. Ein Klappenfehler ist etwas Mechanisches. Durch Glücklichsein wird er nicht behoben. Schließlich kann man ein kaputtes Auto nicht durch Beten reparieren.

Er wischt die Überlegungen weg. Was soll es!? Die Gegenwart ist die Gegenwart. Er schließt Sonja enger in seine Arme, schläft ein. Auf der anderen Seite des Tejo, in Almada, flammen die Abendlichter auf.

12

Gegen Zehn werden sie wach. Der erste Tag ist verschlafen. Aber sie haben noch den Rest des Abends und die Nacht. Vom Balkon aus sehen sie die Lichterketten

Almadas. Auch die Fähren fahren noch und gleiten als Lichtpunkte über das Wasser.

Jetzt meldet sich der Hunger. Er bestellt aus der Hotelküche zwei große Portionen Gambas mit Knoblauch. Dazu eine Flasche trockenen Rotwein aus dem Dourotal. Die beginnende Nacht ist mild. Sie können draußen an dem Tisch auf dem Balkon sitzen. Sie haben sich noch genug zu erzählen.

„Wie ist das bei dir eigentlich mit der Treue?" fragt Sonja.

Er weicht zunächst mit einem Bonmot aus: „Wenn Treue Spaß macht, ist es Liebe."

„Ist es das?"

Er antwortet mit einem einfachen „Ja!"

„Nach nur fünf Tagen?"

„Das kann man schon nach einer Stunde ahnen."

Sie erzählt von ihrem Mann. Dass er viel unterwegs war. Einmal hat sie sich nicht zurückhalten können und während er schlief, sein Smartphone eingeschaltet. Die PIN-Nummer hatte sie in seiner Schreibtischschublade gefunden.

„Da waren viele Frauennamen. Manche SMS war eindeutig. Nachher habe ich mich geschämt, dass ich so etwas gemacht habe. Eigentlich ist es nicht meine Art. Ich habe nichts gesagt, ihn nicht zur Rede gestellt. Aber es war ein Bruch in unserer Beziehung. Ich habe Angst vor Untreue. Dass es mit uns so rasant geht, verstehe ich nicht. Wahrscheinlich liegt es an den Umständen. Die OP und der Wunsch zu leben."

Er widerspricht. „Es sind nicht die Umstände. Es wäre auch passiert, wären wir uns anderswo begegnet. Mit oder ohne Herzfehler. Völlig egal."

Er überlegt, ob er jetzt schon von Lena erzählt. Er lässt es. Es ist zwar Vergangenheit, aber es sind nur vier Wochen. Er möchte die Stimmung nicht gefährden. Sonja würde fragen: „Was ist, wenn sie zurückkommt?"

Er könnte nur sagen: „Nichts ist. Es ist vorbei." Aber ob sie ihm das glaubt? Zum Glück fragt sie nicht nach seiner letzten Beziehung. Vielleicht will sie das auch gar nicht mehr wissen. Die Zukunft ist bedeutsamer.

Bis tief in die Nacht hinein reden sie, erzählen Anekdoten, Erlebnisse. Die Biografie entfaltet sich mehr und mehr.

Jetzt erzählt sie ihm auch, dass sie bis zum Tod ihres Mannes eine Galerie in Ahrweiler hatte. „Ich wollte vor allem noch unbekannte Künstler fördern. Manchmal ist das sogar gelungen. Aber viel zu verdienen war da nicht. Ja, und dann kam die Geschichte mit dem gestörten Herzrhythmus. Da habe ich die Galerie aufgegeben. Eigentlich ist es schade. Da hingen nicht nur Bilder. Es gab auch Lesungen."

„Könntest du die Galerie wieder eröffnen? Nach der OP?"

„Theoretisch ja. Sie ist ja nicht gemietet. Es ist meine eigene. Vermietet habe ich die Räume auch nicht. Jetzt sind die Rollos runtergelassen. Warum fragst du? Malst oder schreibst du?"

„Weder noch. Wenn ich einen Frosch male, kommt ein Pferd dabei raus. Und schreiben? Nein. Was denn?"

Alles erzählt er ihr nicht. Es gibt Geschichten, die er lieber für sich behält. So hatte er zum Beispiel vor einigen Jahren zwei Freundinnen gleichzeitig, musste Alibis erfinden. Bis es ihm zu sehr die Seele belastete und er sich zur Sühne auf den Jakobsweg machte. So etwas erzählt man nicht in einer Lissaboner Nacht. Und schon gar nicht am Anfang einer neuen Liebe.

13

Die Sonne steht schon über dem Stadtteil Montijo und wirft auf ihrem Weg nach Westen die ersten Strahlen durch die Fensterfront. Da erst schälen sie sich aus der Decke. Es ist zehn Uhr. So lange hatten beide seit einem Jahr nicht mehr geschlafen. Er bestellt Kaffee, Toast, Käse, Schinken, Marmelade. Zehn Minuten später sitzen sie auf dem Balkon. Das Wetter meint es gut mit ihnen. Der Himmel ist wolkenfrei, die Temperatur auf fast 20 Grad gestiegen.

Sonja trägt ein langes, rotes Kleid, die marokkanischen Sandaletten an den Füßen. Wenn sie sich das Haar in den Nacken streicht, was sie ab und zu in einer mehr unbewussten Geste tut, werden zwei goldene Ohrringe sichtbar. Er sagt ihr, wie schön das aussieht. Sie wird etwas verlegen, meint: „Die habe ich lange nicht mehr getragen. Aber jetzt…"

Er selbst sitzt da in olivgrünen Shorts, hat ein weißes T-Shirt übergestreift, ist barfuß. Man müsste die Zeit anhalten können, denkt er. Oder mindestens ganz, ganz weit verlängern können. Dieser Augenblick ist perfekt.

Gegen Mittag gehen sie Hand in Hand durch die engen Gassen der Alfama. Sie hat den grünen Rucksack umgehängt, weil sie einkaufen wollen. Zunächst aber bleibt sie vor einem Hutladen stehen, sieht sich die Hüte im Schaufenster an, geht hinein. Nach ein paar Minuten kommt sie heraus, hat sich einen Strohhut mit einem Blumengebinde und einer Schleife aufgesetzt. Nach hinten fällt das rotblonde Haar bis weit über die Schulter.

„Steht dir verdammt gut", sagt er, lässt sie vor sich hergehen und macht mit dem Smartphone ein paar Aufnahmen. Er sieht sich die Fotos auf dem Display an. „Du könntest auch in Paris über den Laufsteg gehen", meint er. „Mit dir ist mir aber lieber", wehrt sie sein Kompliment ab.

Sie finden einen kleinen Laden. ‚António'. „Komm!" sagt Sonja. „Das ist das, was bei uns früher Tante Emma war. Wir müssen keinen Supermarkt suchen."

Sie gehen hinein. Hinter der Ladentheke blickt ihnen ein uraltes Männchen mit freundlicher Neugierde entgegen.

„Ich kann kein Portugiesisch", sagt Felix. Der wird uns nicht verstehen. Englisch spricht er wahrscheinlich auch nicht."

„Ach was. Dann kaufen wir eben nur Wein. Wein, vinum, vino. Versteht jeder. Wir können auch auf die Flaschen zeigen.

„Wenn's das nur ist. Soviel Portugiesisch kann ich noch. Vinho seco, vinho tinto, vinho branco."

Der Mann spricht tatsächlich kein Englisch. Aber die Verständigung klappt. Felix sagt sein Sprüchlein: Vinho tinto, vinho branco, seco."

Dann geschieht das, was in einem Supermarkt nie passieren würde. Der Ladenbesitzer verschwindet kurz, kommt mit zwei Flaschen Wein wieder und zwei Gläsern. Er entkorkt die Flaschen, schenkt ein. Einen Roten und einen Weißen. Er bedeutet ihnen zu probieren. Er verschwindet noch einmal und kommt mit einem Teller zurück. Darauf liegen Käsescheiben. „Queijo de Azeitão", sagt er, spitzt dabei die Lippen und schmatzt. Was heißen soll: Der ist besonders lecker. Und das ist er auch. Er hat einen dezenten Geschmack nach Schafsmilch, ist leicht säuerlich und mild. So kommt es mittags zu einer Weinprobe mit portugiesischem Azeitão. Auch der Wein ist gut. Ein Landwein, der leicht über die Zunge geht. Die Freundlichkeit des Portugiesen führt dazu, dass sie vier Flaschen kaufen, Brot und zwei kleine, runde Käse. Für den Abend ist gesorgt. Den Fado verschieben sie auf den nächsten Tag. „Ich bin lieber mit dir auf dem Balkon und im Zimmer", sagt sie.

14

Auf dem Rückweg zum Hotel gehen sie durch die Rua da Augusta, an deren Ende der Triumphbogen für die Seefahrer den Blick auf einen weiten Platz und den Tejo öffnet. Er geht neben ihr durch den Bogen. Und auf einmal geht er nicht. Er schreitet. Ein unbekanntes Gefühl von Stärke und Zugehörigkeit durchströmt ihn. Er weiß, das hat er Sonja zu verdanken. Die Verse des portugiesischen Dichters Luís de Camões fallen ihm wieder ein: „Was sagst du, Herz?" – „Dass ich aus Liebe schlage!"

Über die Praça do Comércio, diesen weit ausladenden und den Blick zum Horizont öffnenden Platz, gehen sie zu einem der Fähranleger, setzen sich draußen vor ein kleines Café. Die Sonne steht im Nachmittag und wirft eine breite, glänzende Bahn auf den Arm des Tejo. Plötzlich verliert er das Gefühl für Zeit und Raum. Stattdessen spürt er eine tiefe Verbundenheit mit Sonja. Das ist zeitlos und hat eine andere Dimension. Es ist wie ein Schritt in die Ewigkeit. Ein ganz anderes Tor hat sich geöffnet. Es ist wie ein Anruf aus einer anderen Welt. Und wieder fällt ihm Camões ein: „Selbst im Himmel erlischst, lodernde Flamme, du nicht!"

Gedankenverloren rührt er den Kaffee um. „Was ist?" fragt Sonja. Er sieht sie an, lächelt. „Alles gut!" sagt er. „Ich bin dankbar für den Augenblick."

„Ich dachte schon, du bist traurig, weil Morgen unser letzter Tag ist."

„Morgen ist nicht der letzte Tag. Es geht alles weiter."

„Mit uns?"

„Ja!"

Von seinem Erlebnis erzählt er nichts. Es ist so absurd wie zugleich real. Wie soll man eine Offenbarung erklären? Da sind die Worte schwer.

Am Abend sitzen sie auf dem Balkon, sehen auf den Tejo und die Lichterketten

Almadas. Sie trinken Antónios Landwein. Sie hat den roten geöffnet. Er den weißen.

„Man müsste den Augenblick festhalten können!" sagt sie.

„Er ist festgehalten", antwortet er. „Er ist nicht verloren."

„Wie meinst du das?"

„Indem ich dich weiter liebe."

„In ein paar Tagen greifen sie in unser Herz ein."

„Na und!? Sie reparieren eine Klappe. Aber nach meinem Gefühl schlägt es jetzt schon wieder richtig."

Herzflimmern oder ‚music is life'

Vorwort des Herausgebers

Eines Tages war es so weit. Ich flog mit Ryan Air nach Dublin und fuhr von dort mit dem Zug weiter nach Galway am Wild Atlantic Way Irlands. Galway ist eine wunderbare Stadt. Es ist die Stadt einer bunten Lebensfreude und es ist die Stadt der Musik. Kein Pub ohne die irischen Fiddle- und Gitarrenklänge, kein Pub ohne Gesang. Aber neben dem Sightseeing hatte ich einen anderen Grund. Ich wollte einen alten Freund aus Bad Breisiger Tagen besuchen, Max Wagenfeld. Er war nach Irland mit seiner Freundin ausgewandert. Sie wohnten in einem alten Cottage am Corrib River. „Spanien ist nichts mehr für mich", hatte Wagenfeld gesagt. „Warjas und meine Seele sind keltisch, gehören hierhin."

Wir hatten uns lange nicht mehr gesehen. Um mir einen Einblick in die Geschehnisse zu geben, sagte er: „Lies mein Tagebuch, dann weißt du alles."

Ich las es und fragte: „Was machst du damit?"

„Nichts", antwortete er.

„Das wäre schade", meinte ich. „Darf ich es veröffentlichen?"

„Meinetwegen. Mach damit, was du willst."

So ist es also gekommen, dass ich hier Maximilian Wagenfelds Tagebuch veröffentliche.

1

Was haben sie mit dir, mein Herz, bloß angestellt? Der Operationsbericht der Klinik war für meinen Hausarzt bestimmt. Sie hatten mir den Entlassungsbrief in einem verschlossenen Umschlag mitgegeben. Aber natürlich öffnete ich diesen Umschlag. Da war als Adressat der Name des Arztes angegeben und nicht meiner. Da stand nicht Maximilian Wagenfeld, sondern eben Name und Adresse meines Hausarztes. Aber schließlich war es mein Herz und so las ich den Bericht.

Sie hatten in der Klinik die Mitralklappe repariert. Das Segel prolabierte in den Vorhof. Dadurch war die Klappe undicht. Blut, das in den Kreislauf fließen sollte, floss zurück. Das Herz musste doppelte Arbeit leisten. Was auf die Dauer nicht gutgehen konnte. Das Herz als Muskel wird groß, größer, hypertrophiert, wird insuffizient, hört irgendwann auf zu schlagen. Die Operation, vor der ich Angst gehabt hatte, war also notwendig gewesen. Wirklich? Ich hörte nicht auf zu zweifeln. Dass man das Herz stillgelegt hatte, davon hatte ich in der Narkose natürlich nichts mitbekommen. Bei der Wiederbelebung zeigte es einen ‚spontanen Sinus- rhythmus'. Das war tröstlich. Das Herz wollte also weiter die Welt erleben.

„Ob das stimmt?" überlegte ich. „Das Herz soll nur ein Organ sein wie jedes andere auch?" So jedenfalls hatte es mir der Chirurg erklärt. Aber war das Herz nicht mehr? Hatte der Volksmund nicht eine gewisse Weisheit? Man nahm sich etwas zu Herzen. Man konnte jemandem das Herz brechen. Man sah nur mit dem Herzen gut. Und vor allem: War das Herz nicht der Sitz der Liebe?

„Unsinn!" sagten die Chirurgen. „Es ist nur ein Organ. Alles andere ist romantischer Blödsinn."

In den Tagen nach der Operation kamen sie fast jede Stunde, maßen den Blutdruck, zapften Blut ab, um irgendwelche durch Ziffern ausgedrückte Werte zu bestimmen. Zahlenorgien!

194

Die Schulmedizin, die Chirurgen. Kann ich ihnen etwas vorwerfen? Was soll man machen bei einem mechanischen oder wie sie sagen organischen Schaden? Ein kaputtes Auto kann man nicht durch Beten reparieren. Eine defekte Klappe nicht durch Meditation oder irgendwelche Pillen. Da muss man mit dem Skalpell ran.

Wirklich? Kann denn nicht einmal ein Wunder passieren wie in Lourdes?

Hätte sich der Sehnen-Abriss im Bereich des P2 Segmentes nicht auch auf unerklärliche Weise selbst reparieren können? Wie würden die Chirurgen da staunen! Aber die Zeiten waren vorbei, als das Wünschen noch geholfen hat.

„Wie, mein Herz, ist es nur dazu gekommen?" fragte ich mich. „Was habe ich falsch gemacht, das dich beleidigt hat? Hätte ich mehr und besser lieben sollen, so dass dein Schlag ein ruhiger ist oder ein bewegt freudiger? Ich werde anders mit dir umgehen müssen, damit so etwas nicht noch einmal passiert."

Jetzt war der zweite Tag meiner Reha in Bad Ems. Vom Balkon meines kleinen Zimmers blickte ich auf den Parkplatz unten. Hätte ich meinen Wagen dabeigehabt, ich wäre in Versuchung gekommen, Tasche und Rucksack zu packen, meine Gitarre zu nehmen und sofort abzuhauen. Den Vertrag, drei Wochen bis zum Anfang des neuen Jahres zu bleiben, hatte ich noch nicht unterschrieben. Ins Postfach – jeder Patient hatte eins – war schon die zweite Mahnung eingeschoben worden. „Bitte Vertrag unterschrieben an der Rezeption abgeben!" Im Postfach lag auch das Programm für die ersten Tage. ‚Buffetschulung', ‚gesunde Ernährung für's Herz' und ‚kardiologisches Gehen'. Nichts davon würde ich mitmachen. Am Buffet würde ich weiterhin nehmen, was mir schmeckte. Bier und Wein würde ich weiter für bekömmlich halten. Gehen konnte ich auch alleine ohne Herzschlagüberwachung. Die Atmosphäre in der Reha-Klinik empfand ich als abscheulich. Nur alte Leute humpelten herum. Das waren die orthopädischen

Fälle. Die waren in der Überzahl. Kam ich im Flur an einer Gesprächsgruppe vorbei, hörte ich nichts anderes, als dass man sich über Krankheiten unterhielt. Eine Frau, mit der ich ein freundliches Flirten hätte beginnen können, war auch nicht in Sichtweite. Die Damen liebten es in ausgebeulten Trainingsanzügen herum-zulaufen. Die Weiblichkeit war auf der Strecke geblieben. Kam ich am Aufenthaltsraum vorbei, so saß dort niemand um zu spielen. Karten, Schach und noch nicht einmal ‚Mensch ärgere dich nicht'. Freudlos war das. Wie sollte ich hier Kontakte schließen können? Mit wem? Ich kam mir vor wie in einem Altersheim, wie auf der letzten Station vor dem Friedhof. Nur einmal hatte ich am ersten Abend vom Balkon aus einen Mann gesehen, der mit einem Rucksack zum Getränkeladen gewandert war und der sich dann nach dem Einkauf auf eine Bank am Parkplatz gesetzt und ein paar Dosen Bier geknackt hatte. Dazu rauchte er genüsslich, was mich davon abhielt mich zu ihm zu gesellen. Die Versuchung, mit dem Rauchen wieder anzufangen, wäre zu groß gewesen. Wie die Ärzte es so schön ausdrückten: Nikotin war ein cardiovaskulärer Risikofaktor. Seit einer Woche, seit der Operation, war ich rauchfrei und wollte es auch bleiben.

„Du bist ungerecht", sagte ich mir. „Was wirfst du den Leuten hier das Alter vor? Bist doch selber schon siebzig. Da unterhält man sich eben über Krankheiten und schleicht herum. Man kann nicht so tun, als sei man ewig jung. Das ist Hollywoodgebaren. „Wirklich?" fragte ich mich. „Hat nicht gerade im Alter das Herz ein Recht auf Freude? Wenn das so ist, dann bist du hier am völlig falschen Ort. Diese Rehaklinik deprimiert."

Mein Tagesablauf sollte aus Langeweile bestehen. Der wichtigste Termin war am Abend, wenn man mich in den Finger piekste, den Gerinnungswert des Blutes bestimmte und mir eine oder auch nur eine halbe Marcumarpille gab. Die Gerinnung des Blutes herabzusetzen war wichtig. Schließlich hatte ich auf der Herzklappe einen Dichtungsring sitzen, der als Fremdkörper empfunden werden konnte. Um ihn herum mochte das Blut gerinnen, einen gefährlichen Pfropfen bilden. Aber jeden Abend in der kardiologischen Abteilung anzutanzen, sich pieksen zu lassen, die Pille wie eine

Hostie andächtig entgegen zu nehmen, war eine unnötige Abhängigkeit. Man konnte sich so ein Gerät, um den Gerinnungswert, INR genannt, zu bestimmen, auch selber kaufen.

„Die bringen dir hier in der Rehaklinik die Abhängigkeit bei", sagte ich mir. „Warum? Weil sie daran verdienen. Aber auch mit siebzig lässt du dir diese Abhängigkeit noch nicht aufschwatzen. Das ist ja wie eine Kaffeefahrt, bei der einem eine Rheumadecke angedreht wird."

Was stellte man in einem kleinen Zimmer an, wenn man am Abend die Hostie der Kardiologie empfangen hatte? Nichts. Das Fernsehprogramm war öde, die Frauen langweilig, das Wetter jetzt im Dezember trostlos und Bad Ems überhaupt. Da war nichts los. Die Lahn floss träge dahin. Die Kaiserzeiten waren vorbei und Goethes Frau war auch nicht mehr da.

3

Es war gegen Mittag, als ich mein Zimmer verließ, um einen Spaziergang durch Bad Ems zu unternehmen. Ich folgte der Viktoria-Allee, passierte die Martinskirche, bog ab zum Lahnufer, ging dort entlang, erblickte auf der gegenüber liegenden Seite das goldene Kuppeldach einer russisch-orthodoxen Kirche. Die Kirche stammte aus einer Zeit, als der Zar noch nach Bad Ems kam. Ich ging am Spielkasino vorbei, schlenderte weiter die Jacques-Offenbach-Promenade entlang, bis ich schließlich die Lahnstraße erreichte. Eigentlich war hier nichts Besonderes zu sehen. Ein Eiscafé, eine Bar, die sich ,Sahara' nannte, eine ,Futterkrippe' und eine ,Shishabar', die aber erst am Abend aufmachte. Aber neben der Shishabar, an einer eher unauffälligen Hausfassade, blieb ich vor einem Schild stehen. ,Warja Danilova' stand da. ,Heileurythmie - Musiktherapie. Gut für Herz und Kreislauf. Sprechstunden nach Verein-barung. Telefon: 02603/347…"

Ich nahm mein Smartphone, fotografierte. Ich wollte mir den Namen merken und die Telefonnummer. Vielleicht hatte ich ja eine Alternative zu der öden Reha gefunden. Musik war doch gewiss etwas, was dem Herzen guttat. Diese Erfahrung hatte ich im Ansatz schon gemacht. Als man mir vor zwei Monaten die Diagnose genannt hatte. Da war ich erschrocken gewesen. Mein Herz war zu schnell unterwegs und die Klappe undicht. Da hatte ich es mit Musik zu beruhigen versucht. ‚Illumination oft he Heart‘ hieß das Stück mit den Harfenklängen und den Flötentönen. Immer wieder hatte ich es gehört. In einer Dauerschleife. Und tatsächlich: Mein Herz begann ruhiger und gleichmäßiger zu schlagen. Aber die Operation war dann doch notwendig gewesen. So weit reichte die Wirkung der Musik nicht. Oder? Vielleicht konnte die Musik verhindern, dass noch eine weitere Klappe undicht wurde. Vielleicht konnte sie auch das Herz so freudig stimmen, dass dieses unangenehme Ziehen in der Herzgegend verschwand. Denn das machte mir Angst. Dass das Herz den Dichtungsring, den man auf die Klappe gesetzt hatte, als Fremdkörper abweisen konnte. War es da nicht gut, das Herz zur Musik tanzen zu lassen, so dass es sich keine Gedanken mehr über den Ring machen musste?

Auf mein Zimmer zurückgekehrt, ließ ich das ‚kardiologische Gehen‘, das auf dem Programm stand, sausen. Statt dessen fuhr ich mein Notebook hoch, gab bei

Google ,Warja Danilova' und ,Bad Ems' ein. Sie würde ja eine Website haben, auf der ich mich genauer informieren konnte. Wer hatte im so genannten digitalen Zeitalter keine Website!? Und richtig. Kaum hatte ich die Wörter eingegeben, erschien auch schon der Hinweis auf die Homepage. www.therapie-wd.net. „Ohne Musik wäre das Leben ein Irrtum!" stand auf der Eingangsseite. Ein Foto der Therapeutin war zugeschaltet. Ihre Hände lagen auf den Saiten einer Harfe. Die meergrünen Augen blickten unverwandt auf den Betrachter. Ein leises Lächeln spielte um ihre Lippen. Ob der Blick auch eine gewisse Strenge ausdrückte, so als wolle sie sagen „ohne Musik geht bei mir gar nichts", wusste ich mir nicht zu deuten. Die Haare waren kastanienbraun, kurz frisiert, gaben einem schönen, ausdrucksvollen Gesicht Jugendlichkeit, so dass das Alter kaum zu schätzen war. Sie mochte fünfzig sein, vielleicht auch schon sechzig. Ihre Lieblingsfarbe, ging man von der Bluse und dem Schal aus, den sie sich um den Hals gelegt hatte, schien Türkis zu sein.

Ich wusste plötzlich nicht, wofür ich mich mehr interessierte. War es die

Musiktherapie für mein Herz oder war es diese Frau? Warja Danilova. War das ein russischer Name? Auch das ließ sich leicht durch das Internet herausfinden. Ja, Warja war ein russischer Name. Wie kam eine Russin nach Bad Ems und hatte dort eine Praxis für Musiktherapie? Bad Ems hatte aus der Zeit, als der Zar zur Kur dorthin kam, schließlich auch eine russisch-orthodoxe Kirche. Vielleicht war Warja Danilova ja eine Nachfahrin der Romanows oder jemand aus dem Hofstaat des Zaren hatte sich in Bad Ems niedergelassen und eine Familie gegründet. Aber das war zunächst und überhaupt völlig nebensächlich. Wie am besten nahm ich den ersten Kontakt auf? Anrufen, einen Termin vereinbaren, ja das ging. Aber war es nicht besser, eine Email zu schreiben, meinen Fall, mein Interesse an der Therapie zu schildern? So hatte sie Zeit darüber nachzudenken. Wie würde das überhaupt mit der Bezahlung sein? Meine Krankenkasse würde eine Musiktherapie kaum übernehmen. Die waren der Schulmedizin verpflichtet. Was sollte es? Geld war in meiner Situation nebensächlich. Wer mit einem Herzfehler noch einmal davongekommen ist, dem ist

Geld ziemlich egal. Für die Musiktherapie würde ich sogar einen Kredit aufnehmen. Aber wahrscheinlich reichte auch meine Pension. Jetzt war es vielleicht ein Segen, dass ich mich an Schulanstalten herumgetrieben hatte. Immerhin waren es zwölf Jahre gewesen. Den Rest hatte ich mit Beurlaubungen und Weltreisen verbracht. Der Blick nur in Bücher hatte mir nicht genügt. Abenteuer waren schöner. Immer wollte ich dabei auch der großen Liebe begegnen, die wie ein Blitz einschlägt. Ob das jetzt mit siebzig überhaupt noch gelingen kann? „Zu wenig Liebe!" hatte mein Herz gesagt und aus Protest die Klappe undicht werden lassen.

4

Ich überlegte. Wie sollte ich den ersten Kontakt herstellen? Anrufen und einen Termin bei ihr vereinbaren wäre normal. Aber das ginge auch über Email. Die Adresse war ja auf ihrer Website angegeben. Die Mail hatte gegenüber dem Anruf den Vorteil, dass ich mir meine Worte gut überlegen konnte. Und sie, diese Warja Danilova, hatte Zeit genug, um vielleicht ein wenig neugierig zu werden. Oder auch nicht. Ich wusste ja nichts und gar nichts über sie, außer dass sie mich irgendwie mit ihrem Foto sehr beeindruckt hatte. Und natürlich auch mit ihrem Programm, ihrer Therapie. Musik fürs Herz. „Komm, alter Mann!" sagte ich mir. „Einmal noch in den Frühling. Auch wenn es scheitern wird. Aber einen Versuch ist es wert."

Und so schrieb ich per Mail: „Liebe Frau Danilova. Ich bin frisch am Herzen operiert und hocke nun zweifelnd in der Rehaklinik hier in Bad Ems unten an der Lahn. Ich zweifle daran, ob das Reha-Programm richtig für mich ist. Bei einem Spaziergang habe ich heute Ihr Praxisschild entdeckt und habe das Gefühl, dass Musik viel besser ist für mein Herz als eine langweilige Gymnastik. Sie sehen, dass ich an der Schulmedizin zweifle und ganz neue Wege suche und entdecken will. Ich würde mich freuen, wenn Sie meine Therapeutin werden könnten. Die Bezahlung der Stunden ist kein Problem. Das werde ich nicht bürokratisch über irgendeine Kasse machen, sondern aus der privaten Schatulle. Über eine Nachricht von Ihnen würde ich mich sehr freuen. Meine Telefonnummer: 01590134... Mit herzlichem Gruß, Maximilian Wagenfeld

Einmal noch auf Fehler durchgelesen. Klick, die Mail war weg, abgeschickt. Ein bisschen war das wie Schicksal spielen. Entweder meldete sie sich oder nicht. Ich hatte die Entscheidung in ihre Hände gelegt.

Am Nachmittag hockte ich unschlüssig auf meinem Zimmer. Das kardiologische Gehen, das um 15 Uhr auf dem Programm stand, hatte ich sausen lassen. Um 15.30 meldete sich mein Smartphone mit der Melodie, die ich mir ausgesucht hatte. ‚Fading like a flower' von Roxette. "Every time I see you, oh, I try to hide away!"

"Praxis Warja Danilova. Herr Wagenfeld?"

„Ja. Am Apparat." Wie steif und verlegen ich das gesagt hatte. Ich ärgerte mich darüber. „Ach, Frau Danilova", schob ich hinterher. „Wie schön, dass Sie sich melden. Wissen Sie, ich zweifle, ob ich hier in der Reha-Klinik am richtigen Platz bin. Ich möchte wieder laufen wie früher. Da bin ich einmal von Köln nach Santiago gegangen."

Sie schwieg eine Weile, schien irritiert, fragte dann:

„Was hatten Sie denn für eine Operation?"

„Die Klappe musste repariert werden. Die Mitralklappe. Alles gut verlaufen."

„Keine Beschwerden?"

„Nein, gar nichts. Außer dass ich mich hier endlos langweile und nicht daran glaube, dass mir Gymnastik und dummes Rumlaufen guttun. Ich habe das Gefühl, dass Musik meinem Herzen mehr hilft."

„Hmm. Ungewöhnlich. Aber Sie wissen, dass nach so einer OP eine kardiologische Beobachtung notwendig ist? Ich denke da zum Beispiel an die Einstellung mit Marcumar. Das wird bei Ihnen doch so sein. Oder?"

„Ja, ja. Aber das kann ich auch durch den Hausarzt machen lassen. Oder mir so ein Gerät für den INR-Wert kaufen und mich selber in den Finger pieksen. Kein Problem."

„Gut, Herr Wagenfeld. Wir haben jetzt halb vier. Um vier könnten wir uns unten an der Rezeption treffen. Ich kenne natürlich diese Reha-Klinik und kann Ihre Bedenken nachvollziehen. Geht das um

Vier oder haben Sie irgendetwas auf dem Programm?"

„Geht um Vier. Im Programm steht nur: auf einem Stuhl sitzen und mit den Beinen schaukeln. Aber die Übung schenke ich mir."

Sie lachte. „Dann also bis um Vier."

„Mein Gott!" dachte ich. „Die hat ja eine Stimme zum Verlieben. So klar, so weich, so wunderbar feminin. Und zugleich so artikulierend als moderiere sie die Tagesschau. Von einem russischen Akzent habe ich nichts bemerkt, außer dass sie das ‚r' im Ansatz rollt."

Ich war nervös. Obgleich es überhaupt keinen Grund dazu gab. Noch war nichts passiert, nichts entschieden. Ich hatte nur eine fixe Idee gehabt mit der Musiktherapie und hatte ein Foto gesehen, das mich ziemlich beeindruckt hatte. Warum, konnte ich mir nicht erklären. Irgendwie gab es jenseits des Sag- und Beschreibbaren etwas Geheimnisvolles, das sich dem rationalen Zugriff entzog. Es war einfach so. Warum verliebt man sich in eine Person? Keine Ahnung. Aber noch war es nicht so weit. Aber es war, wie ich mir eingestand, bei mir möglich. Musik und Verliebtsein als Therapie. Auch wenn es einseitig sein würde. Denn was sollte eine so schöne Frau mit einem frisch am Herzen operierten Mann?

„Maximilian, du bist verrückt!" sagte ich mir. „In welches Gefühlschaos schlitterst du wieder hinein? Dein Herz braucht Ruhe und nicht eine neue Aufregung. Du wirst die Therapeutin ignorieren und nur auf die Wirkung der Musik achten. Das ist etwas für dein Herz. Aber nicht Warja, du Trottel."

5

Bereits um zehn vor Vier saß ich auf einer Bank unten in der Rezeptionshalle, beobachtete die gläserne Flügeltür. Ein paar Minuten vor Vier sah ich einen roten Fiat Panda auf dem Parkplatz ankommen. Und dann kam sie durch die Tür. Sie kam nicht. Ich hatte den Eindruck, dass sie schwebte wie eine trainierte Ballett-tänzerin. Sie trug einen langen schwarzen Mantel. Um den Hals einen türkisfarbenen Seidenschal. An den Füßen rote Sneakers. Sie steuerte geradewegs auf mich zu. Schließlich war ich der einzige, der in der Halle saß. Alle anderen, die

Kardiologischen wie die Orthopädischen, steckten in ihren Programmen.

Sie lächelte. „Herr Wagenfeld?"

Ich stand auf, sah in graugrüne Augen, glaubte, in ihnen ein etwas verschmitztes, aber freundliches Lächeln zu entdecken. Wir gaben uns die Hand.

„Ja, bin ich", sagte ich etwas unbeholfen und dachte zugleich: „Wow, was für eine schöne Frau!" Um diesen Gedanken, den ich für unangebracht hielt, zu verdrängen, machte ich, nachdem ich meine Hand aus ihrer gelöst hatte, spontan eine wegwerfende Bewegung, die sie dazu veranlasste, mich fragend anzusehen.

„Ach so", meinte ich. „Ich habe gerade überlegt, wo wir uns am besten unterhalten. Hier lieber nicht. Darf ich Sie zu einem Kaffee einladen?"

Sie nickte. „Gerne. Kann ich gut verstehen. Ich mag die Atmosphäre hier auch nicht. Wir könnten mit meinem Wagen nach Koblenz fahren. Ich kenne da in der Altstadt ein sehr gemütliches Café."

Ich war verblüfft. So weit will sie mit mir fahren? Aber so weit ist Koblenz nun auch wieder nicht. Wahrscheinlich will sie nur vermeiden, in Bad Ems, wo man sie kennt, mit mir gesehen zu werden. Sie will

Fragen ausweichen: „Wer war das?" Verwundert war ich auch, dass sie sich so schnell gemeldet hatte, zur Klinik gekommen war und jetzt mit mir in ein Café wollte. Normalerweise hätte ich bei ihr in der Praxis erscheinen müssen. So war das üblich. Meine Verwunderung sollte etwas später im Café eine verblüffende Auflösung erfahren.

Während der Fahrt kann ich den Blick nicht von ihr wenden. „Was ist das?" frage ich mich. „Die OP ist gerade eine Woche her und ich fühle mich sehr munter. Die OP muss mein Herz verwirrt haben. Bis Koblenz habe ich zwanzig Minuten Zeit sie anzusehen. Ihr Alter kann ich immer noch nicht schätzen. Ich werde sie auch nicht fragen. Ich kann nur hoffen, dass wir nicht mehr als ein Jahrzehnt auseinander liegen."

Sie erzählt mir von der Eurythmie, von der ich überhaupt keine Ahnung habe. Ich kann nur die Wortbedeutung ableiten, weil ich auf der Schule Altgriechisch hatte. Guter Rhythmus. Aber was heißt das? Sie erklärt es mir. Eine anthroposophische Bewegungstherapie. Auch die Sprache, die Laute spielen eine besondere Rolle. Was ist Anthroposophie? Wieder kann ich das nur vom Altgriechischen ableiten. Anthropos ist der Mensch.

„Es kommt auf den ganzheitlichen und persönlichen Blick an", erklärt sie mir. „Der Mensch ist kein Apparat, der in einem Krankenhaus repariert werden muss."

Höre ich überhaupt zu? Ja, das mache ich, weil ich mehr wissen und erfahren will. Vor allem aber durchströmt mich ein wunderbares Gefühl, wenn ich sie ansehe und dem Klang ihrer Stimme lausche.

Bald haben wir Koblenz erreicht. Sie parkt den Wagen in Nähe der Mosel. Wir gehen nebeneinander in die Altstadt. Dabei habe ich das Gefühl, neben ihr nicht zu gehen, sondern zu schreiten. Seltsam ist das.

Das Café ist wirklich sehr gemütlich. Man sitzt auf Sesseln oder Sofas. Es gibt kleine, separate Nischen. Ich bestelle mir einen Kaffee. Sie entscheidet sich für Cappuccino.

Sie lächelt und sagt: „Sie wundern sich wahrscheinlich, warum ich so rasch reagiert habe und wir jetzt hier in Koblenz sind."

„Wundern?" antworte ich. „Nein. Ich finde es schön."

„Sie kennen den Psychologen C.G. Jung?"

„Kennen? Nein. Aber schon von gehört. Ein Schüler Freuds. Was ist denn damit?"

„Von ihm stammt der Begriff der Koinzidenz. Ich will es kurz erklären. Also, bei Jung ist eine Patientin und erzählt ihm, dass sie in der Nacht von einem goldfarbenen Käfer geträumt hat. Und während sie ihm das erzählt, fliegt ein goldfarbener Käfer gegen die Fensterscheibe der Praxis. Zufall? Nein, eben nicht. Koinzidenz. Und so ist es mir mit Ihnen ergangen. In der letzten Nacht habe ich von einer sehr schönen in Türkis gefassten Jakobsmuschel geträumt. Den ganzen Vormittag musste ich an diesen Traum denken. Als ich mit diesen Gedanken meine Mails öffnete und Ihre las, war ich neugierig, habe Sie angerufen. Und dann erzählen Sie mir am Telefon, dass Sie nach Santiago gelaufen sind, also im Zeichen der Muschel. Deshalb bin ich so rasch gekommen. Und dann habe ich gesehen, dass Sie eine sehr schöne, in Blau und Türkis gefasste Jakobsmuschel als Amulett um den Hals tragen. Da wusste ich, dass ich bei Ihnen einen besonderen Auftrag habe. Sie sollten diese Reha-Klinik verlassen. Sie passen da nicht hin. Ich helfe Ihnen gerne dabei."

Ich überlegte. Den Vertrag hatte ich noch nicht unterschrieben. Aber mit meinem Gepäck konnte ich nicht so einfach an der Rezeption vorbeihuschen. Das ging erst gegen Abend, wenn dort niemand mehr wachte.

„Ich müsste erst meinen Wagen holen", sagte ich. „Sonst komm ich da nicht weg."

„Wo wohnen Sie denn?"

„In Bad Breisig."

„So weit ist das ja nicht. Ich fahre Sie dorthin."

So kam es, dass Warja mich nach Bad Breisig fuhr. Ich holte den Wagen aus der Garage und fuhr dann hinter ihr her zurück nach Bad Ems. Sie fuhr sicher und schnell. Aber mein kleiner blauer Fiat hatte keine Mühe den roten Panda aus den Augen zu verlieren. Am Abend schlich ich mich mit Rucksack, Reisetasche und Gitarre an der unbesetzten Rezeption vorbei. Auf den Tisch meines Zimmers hatte ich einen Zettel gelegt. „Bitte nicht suchen! Hier bleibe ich nicht. Ich bin zurück nach Hause."

6

Zu Hause, ich wohne oberhalb von Bad Breisig am Rand eines Waldes, dachte ich unentwegt an die Koinzidenz, von der Warja gesprochen hatte. Da hörte ich zum ersten Mal und ausgerechnet an diesem Abend in der Dunkelheit den Ruf eines nahen Kauzes, dem in einiger Entfernung ein anderer antwortete. Müsste ich den Ruf beschreiben, so würde ich sagen: Es ist der Ruf der Sehnsucht. Die ganze Nacht setzte er sich mit einer näher kommenden Antwort fort und verstummte erst mit dem Beginn der Morgendämmerung. Ich konnte in dieser Nacht nicht schlafen und hörte immer wieder Robert Schumanns Klavierkonzert in a-Moll, dessen träumerisches Hauptthema eine sich von innen aufschwingende Sehnsucht ist, die mit ihren Modulationen leise drängend das Bild der Geliebten entwirft und nach einer zu Beginn abstürzenden Akkordfolge und nachfolgenden spielerischen Arpeggien zu einer leidenschaftlichen Kadenz kommt. Da wusste ich, dass ich mich in Warja verliebt hatte. Und ich ahnte da schon, dass es mehr sein würde als nur ein rasches Verliebtsein. Ich empfand es als

Schicksal. Konnte ich Hoffnung haben, dass meine Gefühle erwidert wurden? Vielleicht. Wir hatten im Koblenzer Café viel über Privates gesprochen, waren während der Fahrt nach Bad Breisig vom formalen ,Sie' zum persönlicheren ,Du' übergegangen. Warja lebte allein. So war meine Hoffnung also kein unmöglicher Entwurf. Schön auch, dass ich schon für den nächsten Nachmittag die erste Therapiestunde hatte. Ich sollte in eine Klangwiege gelegt und geschaukelt werden. Die Klangwiege ist wie ein halbierter Baumstamm mit je einer herzförmigen Öffnung rechts und links. An diesen Öffnungen vorbei laufen außen jeweils 18 Harfensaiten, deren Klang in die Wiege hinein übertragen wird.

Um wenigstens ein paar Stunden Schlaf zu finden, öffnete ich am Morgen eine Flasche Rotwein, träumte von einem neuen Leben, dachte an Warja und die Musik und es kam mir vor, als sei ich zu einer Seefahrt aufgebrochen, wo am Rande des Horizonts auf dem Meer ein seltsames Feuer flackerte. Gegen Mittag wachte ich auf, trank, was wegen meines Herzens eigentlich verboten war, eine ganze Kanne

Kaffee und fuhr ein paar Stunden später nach Bad Ems.

7

Ich wusste, Bad Ems hatte seine goldene Zeit verloren. Nicht aber vielleicht für mich. Im 19. Jahrhundert noch war es die Sommerresidenz europäischer Monarchen, Politiker, Künstler und Künstlerinnen. Auf Seiten der Maler, Komponisten und Dichter waren es zum Beispiel: Richard Wagner, Eugène Delacroix, Dostojewski, Turgenjew, Victor Hugo, Clara Schumann, Jacques Offenbach, Nicolai Rimskij-Korssakoff, Carl Maria von Weber, Bettina von Arnim, Ilja Ehrenburg und mit Paul Heyse der erste deutsche Nobelpreisträger für Literatur.

Nicolai Rimskij-Korssakoff, dem wir die Sinfonie ‚Scheherazade' verdanken, war damals von Alexander Danilov begleitet worden, einem Musiker aus St. Petersburg. Danilov hatte sich in eine Schönheit aus Dausenau, die im Restaurant des Kurhauses bediente, verliebt und war geblieben. Der Name hatte sich bis ins 21. Jahrhundert hinein erhalten. Warja war in

Deutschland geboren, hatte einen deutschen Pass, sprach aber auch fließend Russisch. Sie hatte zwei Jahre in St. Petersburg Musik studiert. Alexander Danilov, wie Warja mir erzählte, hatte damals eine enge Verbindung zum Zarenhof gehabt. Mit meiner anfänglichen Vermutung, sie stamme aus dem Gefolge der Romanows, lag ich also nicht so ganz daneben. Das europäische ‚Who is who‘ damaligen Adels interessierte mich allerdings herzlich wenig. Meine Königin hatte eine Praxis für Eurythmie und Musiktherapie. In einer Klangwiege von ihr geschaukelt zu werden brachte für mich die ehemals goldene Zeit von Bad Ems zurück.

Warja sah hinreißend aus, als sie mich am späten Nachmittag empfing. Über turmalinblauen Leggins trug sie ein türkisfarbenes Kleid. Die Füße steckten in Sandaletten mit einem bunten marokkanischen Muster.

Sie breitete eine Decke in der aus edlem Buchenholz gefertigten Wiegeschale aus. Ich legte mich hinein. Warja hockte am Kopfende der Klangwiege hinter mir und begann mit einem sanften Schaukeln und einem ebenso sanften Zupfen der Saiten.

Im Resonanzraum der Wiege war mir, als säße ich Innern einer Harfe. Ich schloss die Augen, hatte aber Warjas Bild vor mir, und geriet mehr und mehr in eine tiefe, beruhigende Entspannung und Geborgenheit. Ich weiß nicht mehr, wie lange diese Klangmassage gedauert hat. Irgendwann war ich eingeschlafen und wurde irgendwann von einer lächelnden Warja geweckt. Ich entschuldigte mich, dass ich eingeschlafen war, aber sie sagte: „Nein, nein, das ist nicht schlimm. Im Gegenteil. Dein Unterbewusstsein hat alles mitbekommen."

Beim Abschied von ihr passierte mir ein, wie ich zunächst glaubte, unverzeihlicher Fehler. Sie stand lächelnd vor mir. Ich umarmte sie und drückte ihr einen leichten Kuss auf die Lippen. Dann drehte ich mich um und ging erschrocken davon.

Zu Hause entschuldigte ich mich per Email bei ihr für einen unverzeihlichen Fehler und sah die Therapie schon als beendet an. „Aber nein, mein Lieber", schrieb sie zurück, „ich hatte dich dazu aufgefordert."

8

Warja war eine neue Dimension für mich, die mich verwirrte. Vor dem nächsten Termin, bei dem heilendes Trommeln auf dem Programm stand, hatte ich eine ganze Flasche Portwein getrunken, musste statt mit dem Auto mit dem Zug über Koblenz nach Bad Ems fahren. Wieder war das Treffen am späten Nachmittag. Ich war der letzte Patient des Tages. Eine halbe Stunde schlug ich unter Warjas Anleitung Rhythmen auf Bongotrommeln, verspürte mehr und mehr Freude daran, war mir nun sicher, eine bessere Alternative gewählt zu haben als das öde Programm der Rehaklinik.

Nach der Sitzung sagte Warja: „Ich bringe dich nach Koblenz zum Bahnhof. Vorher aber gehen wir noch in unser Café."

Wir fuhren mit ihrem roten Panda, parkten dieses Mal aber nicht unten an der Mosel, sondern fuhren in ein Parkhaus. Bei Warja hatte ich an diesem Tag eine Manschette an ihrem linken Handgelenk bemerkt. „Es ist nur eine leichte Sehnenentzündung", hatte sie dazu gesagt. „Aber es schwächt mir den linken Arm."

Als wir mit dem Wagen neben dem Automaten standen, an dem man das Ticket zieht, bat sie mich, ihr Seitenfenster herunter zu kurbeln. Vom Beifahrersitz aus beugte ich mich zu ihr herüber. Mein Kopf lag auf ihrem Schoß. Ich suchte eine Taste, um das Fenster zu öffnen. „Nein, nein, du musst kurbeln", sagte sie. „Das ist bei dem Panda noch so."

Ich fand an der Tür die Kurbel, drehte das Fenster herunter, was in meiner gestreckten Lage mühsam und langsam war. Aber während ich kurbelte, streichelte Warja meine rechte Wange und berührte sie sanft mit ihren Lippen.

Im Café unterhielten wir uns über Koinzidenz und eine ganzheitliche anthroposophische Medizin. Mit meinen Gedanken war ich aber mehr im Parkhaus. Denn um dort hinauszukommen, mussten wir, damit sich die Schranke öffnet, wieder an einem Automaten halten. Um das Ticket einzuschieben, hätte ich wieder das Fenster herunter zu kurbeln.

Später, bei der Ausfahrt, ließ ich mir beim Herunterkurbeln des Fensters besonders viel Zeit. „Geht das eigentlich?" fragte ich. „Ich bin doch schon siebzig."

„Ach was!" meinte sie. „Acht Jahre sind doch kein großer Unterschied."

9

Die Begegnungen mit der Koinzidenz häuften sich. Warja und ich schrieben uns oft Emails. Einmal dachte ich über apollinische und dionysische Phasen nach. Das Apollinische ist das Gebiet der klaren, hellen, bewussten, heiteren Vernunft. Das Dionysische ist das dunkel Rauschhafte. Mit diesen Gedanken fuhr ich den Computer hoch, öffnete die Mails und fand ein Gedicht von Christian Morgenstern, das sie mir gerade zugeschickt hatte.

„Ich bin mir selbst ein unbekanntes Land, und jedes Jahr entdeck` ich neue Stege, bald wandl` ich hin durch meilenweiten Sand· und bald durch blühtenquellende Gehege. Sooft mein Ziel im Dunkel mir entschwand, verriet ein neuer Stern mir neue Wege."

Da war diese Polarität, dieses rätselhafte Wesen der Seele. „Bald wandl' ich hin durch meilenweiten Sand und bald durch blühtenquellende Gehege."

Woher konnte sie wissen, woran ich gerade dachte? Nein, sie wusste es nicht. Auf einem rätselhaften Weg ist es so geschehen.

An diesem Tag brachte ich mir vom Supermarkt einen Strauß roter, noch geschlossener Tulpen mit. Ich stellte sie in eine Vase, streichelte jede einzelne, sagte ihnen, wie schön sie seien. Innerhalb nur einer Stunde begannen sie sich zu öffnen. Zwei Wochen lang konnte ich wunderschöne Blütenkelche bewundern. Und dann geschah etwas Ungewöhnliches. Normalerweise fallen die Blütenblätter beim Verwelken ab. Meine Tulpen aber begannen sich wieder zu schließen, die Köpfe wurden kleiner. Die Farbe wechselte zu dunklem Purpur und die grünen Blätter am Stengel wurden gelb. Ich brachte es nicht über das Herz, den verblühten Strauß wegzuwerfen, ließ ihn so stehen, wie er war. Seitdem rede ich mit den Blumen, berühre sie, bewundere ihre Schönheit.

Sicher, das mag nichts mit Koinzidenz zu tun haben, aber es zeigte mir, dass die Welt geheimnisvoller ist, als man uns in einer rational-materialistischen Denkart weismachen will.

Ein anderes Mal, da hatte ich schon längst eine Nacht bei Warja zugebracht, verabschiedete ich mich am Morgen und sie sagte: „Pass gut auf dich auf!" Ich antwortete: „Das macht der liebe Gott." „Der liebe Gott?" fragte sie zurück. „Naja", meinte ich, „zumindest hat er gutes Personal."

Als ich nach Hause kam und den Briefkasten öffnete, fand ich darin eine Karte mit einem Engel, der ein rotes Herz in den Händen hielt. Darunter war gedruckt: „Ich bin dein Engel." Auf der Rückseite der Karte stand: „Love is all you need! Warja." Sie hatte die Karte am Tag zuvor abgeschickt.

Ich bin erstaunt, verunsichert, ja sogar etwas verwirrt. Mir kommt sogar der Gedanke, ob Warja vielleicht ein verkleideter Engel ist. Man kennt solche Geschichten ja aus der Literatur und von Filmen. Etwa in ‚Rendezvous mit einem Engel'. Ist das nur ein romantisch erfundenes Motiv oder gibt es das wirklich? Langsam halte ich alles für möglich. Aber Warja beruhigt mich und schreibt: „Ich sage das, was hinten draufsteht. Ich werde mich doch nicht eine Hierarchie weiter nach oben befördern, dann könnte ich doch gar nicht mehr mit dir schlafen - so ohne Körper - das würdest du auch nicht wollen - oder?"

Nein! Das würde ich nicht wollen.

Ein anderes Mal, ich hörte gerade Schumanns Klavierkonzert mit dem Motiv der Sehnsucht, meldete sich mein Handy mit einer SMS. „Ich habe einen Sehnsuchtskoller. Laufe wie Falschgeld durch die Wohnung. Warja."

So geschahen immer wieder Ereignisse einer rätselhaften Parallelität. Wäre es nur einmal geschehen, hätte ich mit dem Begriff Zufall operiert. So aber, in ihrer Summe, zeigten sie mir, dass es neben unserer sicht- und erklärbaren Welt noch eine andere, geheimnisvolle geben muss.

10

Meinem Herzen ging es recht gut. Ein befreundeter Arzt hatte zwar gesagt: „Maximilian, mach bitte das, was die Doctores dir sagen! Mit Herzflimmern ist nicht zu spaßen." Aber ich kümmerte mich nicht darum. Ich hatte die Betablocker abgesetzt, weil es unnormal ist, dass der Blutdruck immer gleichbleiben soll. Und statt Marcumar zu nehmen, trank ich lieber ein paar Gläschen Portwein. Ab und zu ging ich in die Apotheke des Ortes, um den INR-Wert bestimmen zu lassen. Der gibt die Höhe der Blutverdünnung an und sollte, wie von den Ärzten empfohlen, zwischen zwei und drei liegen. Der Apotheker kam dann mit seinem Besteck, piekste mich in den Finger, strich einen Tropfen Blut ab, maß mit seinem Gerät den Wert. Manchmal, wenn ich zu tief ins Glas gesehen hatte, war er sogar höher als drei. Kein Arzt der Welt wird seinem Patienten sagen: „Marcumar? Ach was! Trinken Sie lieber Portwein." Die Pharmaindustrie hätte sicher auch etwas dagegen. Ich weise für diejenigen, die das eventuell lesen, ausdrücklich darauf hin, dass dies meine individuelle Methode ist. Bei anderen mag sie ziemlich schiefgehen und gefährlich sein. Fragen Sie dazu bitte Ihren Arzt oder Apotheker!

Mein Herzflimmern war ein anderes. Es verdankte sich Warja und all den Erlebnissen mit ihr. Es verdankte sich dem Verliebtsein, der Sehnsucht und der Musik. Es verdankte sich der Geborgenheit, der Wärme und Freude, die ich bei ihr empfand. Das Statement, das der Chirurg vor der OP abgab, das Herz sei nur ein Organ wie jedes andere auch, ist purer Unsinn. Das Herz ist ein Sinnesorgan. Es kann denken und unmittelbar wahrnehmen und mitempfinden. Es macht sich durchlässig für das, was wahrzunehmen ist. Trifft es auf die Liebe, fühlt es sich besonders wohl. Schon Aristoteles hat das Herz als Wahrnehmungsorgan gesehen. Dem Gehirn schrieb er wegen seiner Furchen nur eine kühlende Aufgabe zu.

11

An einem sonnigen Samstag im Februar sagte Warja zu mir: „Wir gehen jetzt spazieren und machen einen Dreier." Ich schwieg dazu, hatte aber sonderbare Befürchtungen. Wohin würden wir gehen? Würde da jemand warten? Wir fuhren zu einer Höhe an der Lahn, wanderten auf Wirtschaftswegen an Wiesen und Weiden vorbei, hatten herrliche Ausblicke bis hin zur Mündung der Lahn. Dann ging es auf einem Pfad in den Wald hinein. Nach einer Wegstrecke von etwa einem Kilometer tauchte auf einem bemoosten Felsenvorsprung eine Krummeiche mit zwei Stämmen auf, die ineinander verschlungen waren. Hier blieb Warja stehen und sagte:

„Das ist mein Liebesbaum. Komm! Wir fassen uns an den Händen und umarmen den Stamm."

Mein Herz war wegen der Wanderstrecke und wegen einiger Steigungen etwas in Galopp geraten, aber während wir jetzt den Stamm umarmten und dazu schwiegen, regulierte sich der Schlag, wurde ruhiger und mir war, als würden einige Blätter, die noch verwelkt an den Zweigen hingen, geheimnisvoll im Wind raunen. So verharrten wir eine Weile und ich erinnerte mich an ein seltsames ähnliches Erlebnis. Es hatte eine Zeit gegeben, wo ich wegen eines Bandscheibenvorfalls nur mit einer Krücke laufen konnte. Damals hatte ich mich erschöpft an den Stamm einer uralten Linde gelehnt und plötzlich durchströmte ein warmes Gefühl meinen Rücken. An der Weser war das. Gegenüber einem Kloster. Einen Tag später konnte ich ohne Krücke laufen, bin zu einer Brücke gegangen und habe die Krücke in die Weser geworfen. Von Bäumen konnte eine seltsame Kraft ausgehen. Warja wusste das. Auch das.

Ich dachte an Platons Gastmahl und an die Erzählung des Sokrates über Diotima, über die weise Frau aus Mantineia, die ihn über das Wesen des Eros aufgeklärt hatte:

„Amor ist ein großer Dämon, Sokrates. Jeder Dämon macht ein Mittelwesen zwischen der Gottheit und dem Menschen aus. Was ist aber die Bestimmung solcher Dämonen? Sie sind Dolmetscher zwischen den Göttern und Menschen."

Amor also als Vermittler zwischen Gott und dem Menschen. Jetzt endlich verstand ich auch jenen Satz aus dem zweiten Teil von Goethes Faust: „Alles [echt!] Weibliche zieht uns hinan [nach oben also!]."

Diesen Eintrag in mein Tagebuch machte ich an einem Nachmittag vor meinem Geburtstag. Warja wusste nichts davon. In der Nacht, ein Orkantief zog gerade über Deutschland, öffne ich mein Postfach. Warja hatte geschrieben: „Dir zum Geburtstag rufe ich zu: Eros ist die Kraft, die mich den Anderen in seinem Innersten verstehen lässt!"

Wunderte ich mich noch über das Phänomen der Koinzidenz? Nein.

Ich war nicht nur einer geliebten Frau, sondern auch einer Seelenführerin begegnet. Das war anspruchsvoll. Das war verdammt anspruchsvoll. Das war sogar anstrengend. Vor dieser Begegnung war ich eine faule Socke gewesen, eine Couchpotatoe, die Abend für Abend dumpf auf dem Sofa lag und sich blödsinnige Fernsehprogramme reingezogen hatte und selbst vor ‚Bauer sucht Frau' nicht zurückschreckte. Bequem war das gewesen, aber geistlos. Ein Totschlagen der Zeit. Jetzt wehte ein anderer Wind. Ich durfte diesem Anspruch nicht ausweichen. Allein schon um die Liebe nicht zu verlieren. Ich stieg um von Portwein auf Aspirin.

12

Warja hatte keinen Fernseher, aber einen Apple-Computer mit großem Bildschirm. An manchen Abenden baute sie für uns eine kleine Kinoecke und klickte sich in die Mediathek von Arte. Einer der besten und eindrucksvollsten Filme handelte von Lou Andreas-Salomé, jener Frau aus St. Petersburg, der man nachsagte, sie habe Nietzsche in den Wahnsinn getrieben. Das ist natürlich Unsinn. Nietzsche war selbst schuld. Er hätte erkennen müssen, dass Lou sich nicht besitzen lassen wollte. Von niemandem. Auch nicht von gesellschaftlichen Konventionen und gewiss nicht von einer patriarchalisch bestimmten Welt, in der die Frauen in der Küche hockten und die Männer vagabundieren durften. Sie als Frauenrechtlerin zu bezeichnen ist richtig, aber nur eine Facette ihres Wesens. Sie war Philosophin, Schriftstellerin, Psycho-analytikerin. Sehr eigensinnig, konsequent, kämpferisch, unbequem, schön und lebenslustig. Ich empfand sie im Film als sehr liebenswert, war aber froh, ihr im späten 19. Jahrhundert nicht begegnet zu sein. Dieses Privileg hatten Rainer Maria Rilke, Sigmund Freud und eben Nietzsche. Und noch einige andere. Sicher, ich hätte auch über ‚Bauer sucht Frau‘ diskutieren können, aber über Lou Andreas-Salomé zu sprechen hatte eine etwas andere Qualität.

An einem der Abende besuchten wir im ‚Kino‘ auch ein Werkstattgespräch des Dirigenten Teodor Currentzis über Mahlers 9. Sinfonie.

„Max", hatte Warja gemeint, „wenn du jemanden über Musik sprechen hören willst wie über die Liebe, dann sehen wir uns das an." Ja, es war anstrengend, aber auch berührend und eindrucksvoll. Manches habe ich nicht verstanden. Aber ich habe verstanden, dass die Musik einen unmittelbaren Zugang hat zur Welt der Liebe, der Sehnsucht, aber auch der Verzweiflung.

Wir suchten in den Mediatheken nach Literaturverfilmungen und fanden so den ‚Steppenwolf', den ‚Homo Faber' und auch Zweigs ‚Schachnovelle' in der Verfilmung mit Curd Jürgens. Man konnte wunderbar mit Warja reden über die Filme. Ich benutze absichtlich nicht den Begriff ‚diskutieren', der die warme Atmosphäre der Gespräche nicht wiedergeben kann.

13

Manchmal konnte sie auch anstrengend sein. Ich liebe es, am frühen Morgen bei einer Tasse Kaffee stumm dazusitzen, in den beginnenden Tag zu schauen, eine Zigarette zu rauchen. Der Kölner in seiner humorvollen Art nennt das ein

Zuhälterfrühstück. Auch Warja war schon aufgestanden, saß mir auf meiner Couch gegenüber und erklärte mir plötzlich, wie sich Parabeln im Unendlichen spiegeln. Ich konterte mit Schrödingers Katze. Das ist ein Problem aus der Quantenmechanik. Ist die Katze nicht da, sieht man sie. Ist sie da, sieht man sie nicht. Es besagt nichts anderes, als dass man mit einem Beobachtungsmittel so in ein Atomsystem eingreift, dass es sich verändert und man nichts mehr original beobachten kann. Es ist so, als würde man sich auf einer Almwiese vor ein Erdmännchenloch setzen, um das Erdmännchen zu beobachten. Es kommt nicht. Erst wenn man so weit weg ist, dass man das Loch nicht mehr sieht, taucht das Erdmännchen auf.

Nach Schrödingers Katze begann Warja das Thema der Cassinischen Kurven zu erörtern. Die Cassinischen Kurven beschäftigen sich mit der Berechnung von Planetenbahnen. Da bemerkte ich, wie sich unter ihrem dünnen T-Shirt der linke Brustnippel sichtlich vergrößerte. Das war meine Chance. Ich kniete vor ihr nieder und begann ihn sanft zu streicheln.

Mit der Zeit gewöhnte ich mich an die intellektuellen Anstrengungen. Ja, ich hätte sie sogar vermisst, wären sie ausgeblieben. Der Fernseher, den ich habe, blieb ausgeschaltet. Vor allem wollte ich mich auch nicht mehr dem Stakkato der stündlichen Nachrichten aussetzen, wo andauernd nur von Krisen, Krieg und Viren berichtet wird. Mein Reich war die Liebe, die Musik und Warja. Es war viel schöner, mit ihr ein Konzert zu besuchen, einen therapeutischen Vortrag zu hören oder einfach nur durch den Wald zu gehen und der geheimen Sprache der Natur zu lauschen. Und die Nächte waren voll anmutiger Zärtlichkeit und Leidenschaft, so dass Warja einmal bemerkte:

„Manchmal ist das Glück schwerer zu ertragen als das Leid."

14

Statt mich mit Siebzig auf das Rentnerbänkchen zu setzen und ein bequemes Leben zu haben, sah ich mich erheblichen Turbulenzen ausgesetzt. Da war eine erste Flucht aus dem Krankenhaus, dann doch die Operation am Herzen, der Abbruch der Reha, der Beginn der Musiktherapie und dann, genau so drücke ich es aus, der Tsunami der Liebe. Wie bei einem Gedicht von Hilde Domin war ich ‚durchnässt bis auf die Herzhaut'. Und alles war verbunden mit einem Auftrag zur Entwicklung, den ich nicht ablehnen durfte. Es war verboten.

Ich hatte Ruhe haben wollen, aber nun erinnerte ich mich an die mittelhochdeutsche Lektüre des Wolfram von Eschenbach. Parzival, der als tumber Mensch ausreitet, um zur Artusrunde zu finden und schließlich den Gral zu suchen. Besonders eine Szene fiel mir immer wieder ein. Er starrt auf drei Blutstropfen im Schnee. Ein Falke hatte eine Taube gejagt und verletzt. Bezaubert sitzt er auf seinem Pferd und denkt an seine Frau, an Kondwiramurs. „Dieser Farbe glich der Leib, der Leib von seiner Königin. Das nahm ihm die Besinnung hin. So hielt er da, als ob er schlief."

Als ich mich wieder mit dem Parzival befasste, mit dem Thema der Suche, da meldete sich Warja und sagte: „Ich habe zwei Karten für die Mannheimer Aufführung von Wagners Parzival. Am Karfreitag. Kommst du mit?"

Ich hatte mich an die Koinzidenz gewöhnt und sagte einfach nur „Ja!"

Auch führte mich Warja wieder zu den bezaubernden Gedichten von Rilke. So fand ich in meinem Postfach die Zeilen: „O gäbs doch Sterne, die nicht bleichen, wenn schon der Tag den Ost besäumt; von solchen Sternen ohnegleichen hat meine Seele oft geträumt. Von Sternen, die so milde blinken, dass dort das Auge landen mag, das müde ward vom Sonnetrinken an einem goldnen Sommertag."

Ich schrieb zurück: „Von welchem Stern sind wir einander zugefallen?"

Ich konnte mich nicht zurückhalten, ihr auch ein Rilke-Gedicht zu schicken: „Die Nacht holt heimlich durch des Vorhangs Falten aus deinem Haar vergessnen Sonnenschein. Schau, ich will nichts, als deine Hände halten und still und gut und voller Frieden sein. Da wächst die Seele mir, bis sie in Scherben den Alltag sprengt; sie wird so wunderweit: An ihren morgenroten Molen sterben die ersten Wellen der Unendlichkeit."

Ich war im digitalen Zeitalter mitten in der Romantik gelandet. Aber ist es ein Fehler, einen Alltag zu sprengen, der ringsum immer blödsinniger wird? Ich glaube „Nein!"

15

Mit Warja hatte ich manchmal darüber gesprochen, dass das Leben in Deutschland ein wenig eingefroren sei. Man müsse dort nicht unbedingt wohnen. Und so fragte ich sie einmal: „Willst du immer in Bad Ems bleiben?"

Sie lächelte: „Nein. Aber was glaubst du denn, wo ich gerne sein möchte?"

Ich hob die Schultern. „Ich weiß es nicht. St. Petersburg vielleicht. Aber am meisten leuchteten deine Augen, wenn du deine Erlebnisse in Irland geschildert hast. Von der Radtour mit Zelt rund um die Insel. Von Donegal, Connemara, dem südlichen Kerry und vor allem von Galway, der Stadt der Musik, wie du sie genannt hast. Ich tippe also eher auf Irland."

Sie lächelte wieder. „Gut, mein Lieber. Du hast es erraten. Und du? Du würdest gerne nach Spanien?"

Ich schüttelte den Kopf. „Nein, nicht mehr. Eher dorthin, wo die Harfe zu

Hause ist. Ich hätte es schon lange wissen müssen, von damals her, als ich zu Fuß um die Bretagne gewandert bin. Die Landschaften, die von der Bretagne und die von Irland, sind verwandt. Bei meiner Wanderung vor vielen Jahren, vom St. Mont Michel nach Brest, bin ich das erste Mal der Harfe begegnet und einer zauberhaften keltischen Musik. Da wir beide kein Französisch sprechen, aber Englisch, bietet sich Irland an. Und dort eben und besonders Galway."

„Du kämst also mit?"

„Aber ja doch. Ich würde dir sogar nach Sibirien folgen."

Sie legte den Arm um mich. „Okay. Dann buchen wir einen Flug nach Dublin und sehen uns in Galway um."

„Und deine Praxis?"

„Wird verkauft. Das Haus gehört ja mir. Eigentlich wollte ich schon lange weg. Aber alleine hatte ich keine Lust dazu."

Es war der 10. Februar. Warja war bei mir. Ich fuhr den Computer hoch, ging auf die Website des Fliegers mit der Harfe.

„Angenehme Abflugzeit", sagte ich. „10.25 Uhr. Welches Datum nehmen wir?"

„Nächste Woche. 17. Februar. Dann habe ich noch Zeit, ein paar Termine abzusagen."

„Und der Rückflug?"

„Offen lassen."

Ich buchte zwei Plätze. Köln-Dublin.

Pünktlich um 10.25 sprangen am 17. Februar die Turbinen an. Der Flieger rollte zur Startbahn, beschleunigte dort, hob ab. Neben mir saß Warja und hatte den Kopf an meine Schulter gelehnt.

Rüdiger Schneider lebt als Autor in Bad Breisig am Mittelrhein. Veröffentlichung von Romanen und Erzählungen. Publikationen zum Jakobsweg und auch anderen Pilgerwegen u.a. ‚Via Hildegardis'. 1996 Förderpreis zum Literaturpreis Ruhrgebiet. 2000 erschien im Leipziger Militzke-Verlag mit ‚Pandoras Schatten' sein erster Krimi.

Website: www.ruediger-schneider.net